「我會在一週之內奪回希絲蓓爾大人並返抵國門，
之後我們就互不相干。」

這是妳與我的最後戰場，或是開創世界的聖戰 9

the War ends the world / raises the world

燐・碧士波茲

Rin Vispose

身兼「王宮守護星」和愛麗絲貼身侍女的稀有星靈使。能自如操控土之星靈與藏在女傭服底下的暗器，作為一名刺客的手腕也相得了得。

「你別亂動，鏡頭會沒辦法對焦。」
「……我雖然也覺得這麼說有點奇怪，
但這張照片似乎會引人誤會啊。」
伊思卡
Iska
隸屬帝國軍第九〇七部隊，原為使徒聖的少年劍士。為了追回被休朵拉家使計綁架的希絲蓓爾而回到帝國領土……

the War ends the world / raises the world

「燐，妳和伊思卡的距離
會不會太近了？」
愛麗絲莉潔・露・
涅比利斯九世
Aliceliese Lou Nebulis IX
涅比利斯皇廳的第二公主。涅比利斯女王於帝國軍襲擊事件中負傷，愛麗絲作為代理與企圖顛覆國家的休朵拉家及佐亞家較勁。

the War ends the world / raises the world

CONTENTS

這是妳與我的最後戰場，
或是開創世界的聖戰 9

the War ends the world /
raises the world

Shie-la So hec jeek.
請回頭朝我看來。

E r-nemne elma Ez suo lishe, r-harp riss phenoria uc Seo.
我待你有如寸草春暉，將你養育成人。

Ris sia sohia, Ez xedelis fert Ez lihit siole.
快想起你最為渴望的事物吧。

Kadokawa Fantastic Novels

機械運作的理想鄉

「天帝國」

伊思卡

Iska

隸屬於帝國軍人類防衛機構第三師第九〇七部隊。過去曾以最年少之姿晉升至帝國最強戰力「使徒聖」，卻因為協助魔女越獄而被剝奪資格。擁有能阻絕星靈術的黑鋼星劍，以及能將最後斬過的星靈術重現一次的白鋼星劍。是為了和平而戰的直率少年劍士。

米司蜜絲・克拉斯

Mismis Klass

第九〇七部隊的隊長。雖然長著一張娃娃臉，怎麼看都是個小女生，但其實是個不折不扣的成年女子。儘管個性憨傻，但責任感強烈，深受部下們的信任。由於摔落至星脈噴泉，因而化為魔女。

陣・修勒岡

Jhin Syulargun

第九〇七部隊的狙擊手，有著出神入化的狙擊技術。由於和伊思卡拜同一位人物為師，因此結交已久。雖說個性冷酷，而且嘴上不饒人，但也有為同伴著想的熾熱之心。

音音・艾卡斯托涅

Nene Alkastone

第九〇七部隊的機工負責人。是一名開發兵器的天才，能將從超高空拋射穿甲彈的衛星兵器操控自如。她將伊思卡視為兄長般仰慕，是一名純真可愛的少女。

璃灑・英・恩派亞

Risya In Empire

使徒聖第五席，俗稱「全能天才」。是戴著黑框眼鏡、身穿套裝的美麗女子。與米司蜜絲同期入隊，對她相當中意。

魔女們的樂園

「涅比利斯皇廳」

愛麗絲莉潔・露・涅比利斯九世

Aliceliese Lou Nebulis IX

涅比利斯皇廳的第二公主，亦是下一任女王的有力人選。她是能操控寒冰的最強星靈使，以「冰禍魔女」之名令帝國聞風喪膽。厭惡皇廳內部爾虞我詐的她，在戰場上遇見了敵國劍士伊思卡，與之光明磊落的一戰打動了她的芳心。

燐・碧士波茲

Rin Vispose

愛麗絲的隨從，能駕馭土之星靈。女傭服底下藏滿暗器，在刺殺方面也擁有極高的造詣。雖然總是擺著一張撲克臉，難以看出內心的想法，卻對胸部的大小相當自卑。

希絲蓓爾・露・涅比利斯九世

Sisbell Lou Nebulis IX

涅比利斯皇廳的第三公主，也是愛麗絲莉潔的妹妹。她寄宿著能以影音形式重播過去現象的「燈」之星靈。過去曾被帝國關入大牢，並受到伊思卡救助。

假面卿昂

On

與露家相爭下任女王寶座的佐亞家一分子。居心叵測的謀略家。

琪辛・佐亞・涅比利斯九世

Kissing Zoa Nebulis

被稱為佐亞家祕密武器的強大星靈使。寄宿著「棘」之星靈。

薩林哲

Salinger

曾暗殺女王未果，因而鋃鐺入獄的最強魔人。目前是逃獄之身。

伊莉蒂雅・露・涅比利斯九世

Elletear Lou Nebulis IX

涅比利斯皇廳的第一公主。將精力耗費在遊歷外地上，鮮少滯留在王宮之中。

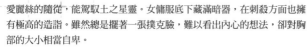

Prologue 「歡迎歸來」

「────」

手腕和腳踝都傳來了劇痛。

就算試圖掙扎，也全身動彈不得。這般不適感和壓迫感，喚回了希絲蓓爾的意識。

「……這裡是？」

喉嚨痛得厲害。

嘴唇之所以呈現乾裂的狀態，恐怕是因為自己已經昏睡了極為漫長的時間吧。

「這裡……究竟是哪裡呢……」

她睜開眼瞼。

希絲蓓爾．露．涅比利斯九世被人以仰躺的姿態安置在床上。由於生鏽的手銬和腳鐐與床相繫，因此她的身子完全無法動彈。

──這是一間破舊骯髒的小房間。

天花板的電燈想必已經壞了好幾年。

Prologue 「歡迎歸來」

窗戶被木板封死，能稱之為照明的，只有從木板縫隙透入的少許光芒。

「…………」

水泥牆面顯得斑駁不堪，牆角結著巨大的蜘蛛網。

雖然被綁在床上的自己沒辦法調轉視角，但地板上想必也累積了一層厚厚的塵埃吧。

……居然為身為公主的我準備這種陰暗潮溼的房間。

……擺明就是在挑釁呢。

她的記憶慢慢復甦過來。

直到失去意識之前，自己（希絲蓓爾）應該都還處於涅比利斯皇廳的中央州。她被囚禁在王室之一——「太陽（休朵拉）」的據點，並在那裡碰上了魔女碧索沃茲。

「只要妳乖乖聽我們的話，我就能保證他性命無虞。畢竟希絲蓓爾小妹的星靈很方便嘛。」

「……妳打算讓我做什麼？」

「這就等妳醒來後再好好期待吧。」

下一瞬間，她的記憶就突然斷絕。

直到現在才終於醒轉——

碧索沃茲那段不祥的宣言，讓希絲蓓爾的內心逐漸糾結起來。

……難道說，在我失去意識的這段期間——

……他們又將我關押到其他地方了？

太陽究竟在圖謀些什麼？

他們曾表示寄宿在希絲蓓爾公主身上的「燈」之星靈尚有利用價值，但這件事和將她關進這間狹小骯髒的房間又有什麼關係？

「……沒人在嗎！這裡肯定裝有監視攝影機吧？你們一定聽得見我的說話聲吧！」

她以被縛在床上的仰躺姿勢嘶聲大喊。

雖然滿是塵埃的空氣讓喉嚨生疼，但是她仍然不肯罷休。

「如果想利誘我，至少該準備更加乾淨一些的房間吧？還有，也將這些戒具解開！」

話又說回來——

即使為她準備最高級的旅館客房，她也不打算對太陽唯命是從。

「你們的耳朵是壞了嗎！」

「利用？嗯？妳似乎有所誤會啊。」

Prologue　「歡迎歸來」

嘰……

隨著生鏽金屬相互摩擦的聲響傳來，房間的門被打開。

現身的是一名年紀稍長的女子。

「初次見面，同時歡迎妳的歸來。」

「…………」

「妳是怕生的個性吧？剛剛還在大吼大叫，一看到我出現，居然就安靜下來了呢。」

深沉的紅色——

來者是名女子，頂著一頭彷彿多年都不曾梳理過的胭脂色頭髮。

她的肌膚呈現營養不良的土色，眼角浮現出睡眠不足導致的濃濃黑眼圈。身披褪色白袍的她，乍看之下似乎是醫生或研究員一類的人員，不過……

……這名女子是怎麼回事？

……她那瞧不起人的眼光讓人很不舒服。

宛如目中無人。

她就像一名俯視路邊被丟棄的空罐並直接離去的路人一般。

「……我想問妳的事情堆積如山。」

希絲蓓爾仰望著女子開口說：

「妳應該是應了我的請求而來的吧？那麼妳願意回覆我的疑問嗎？」

「請吧。但要不要回答就看我的心情了。」

「這裡是哪裡？」

間不容髮地——

希絲蓓爾沒給對方回應的時間，如連珠砲般接連發問：

「妳是誰？是基於什麼理由把我關在這裡？妳打算什麼時候才會還我動作上的自由？……更重要的是，所謂的『歡迎歸來』到底是什麼意思！」

「光是第一個問題就很不明確啊。」

白袍女子將雙手插進黑色長褲的口袋，輕聲開口說：

「如果妳要我回答的是國名，那麼這裡是帝國。」

「……妳說什麼！」

在感到驚愕之前，首先湧上心頭的是憤怒的情緒。

太陽——以及塔里斯曼當家。

居然將身為皇廳公主的自己，出賣給應當是頭號死敵的帝國嗎！

「關於這間設施的相關資訊，就容我稍後再說明吧。」

「……稍後再說明？」

「因為這和妳最後的一個問題有關啊。至於第二個問題——關於我是何許人也，我其實不怎麼想自我介紹。」

隨著「叩叩」的腳步聲。

披著白袍的女子逐漸走近。

她將臉孔湊到綁在床上的自己眼前——不對，不僅如此。她幾乎要將臉孔貼在希絲蓓爾的肌膚上頭，窺伺著她的雙眼。

「我是帝國軍星靈研究機構『奧門』的研究主任……應該說是卸任主任吧。」

「？」

「我已經辭職了。現在的我只是個名為凱賓娜．索菲塔．艾莫斯的自由女性研究員。噢，不對，我對自己的女性生理特徵也不怎麼在意。」

就在彼此的鼻尖幾乎都要相碰的距離下。

希絲蓓爾的胸口遭到某物碰觸。

「——噫！」

「有什麼好大驚小怪的，不就只是做個觸診而已嗎？」

自稱凱賓娜的女研究員指尖蠕動，像是在把玩自己胸部似的觸摸起來，讓希絲蓓爾不禁放聲尖叫：

「還、還不住手！妳這無禮之徒……！」

「果然和妳姊姊（伊莉蒂雅）很像呢。」

「咦？」

「星紋的能量極為微弱。我原本以為始祖後裔個個都能散發出強烈的星靈能量，但看來第一公主（伊莉蒂雅）和妳不在此限。」

女研究員站起身子。

她隨興地將摸過自己胸部的——正確來說是觸碰過星紋的那隻手再次插回口袋。

「至於第三個答案——妳會待在這裡的理由，是因為成了『研究樣本』。要讓妳待到什麼時候這點也不太明確，硬要說的話，就是到我沒了興致為止吧。」

「…………」

她說不出話來。

比起胸部遭觸的恥辱以及被當成研究樣本的待遇，這名女研究員所提及的名字更讓希絲蓓爾壓抑不住內心的驚愕。

伊莉蒂雅。

為何這名古怪女子的口中會說出露家第一公主的名字？

「這裡是『魔女』的誕生地。妳也和碧索沃茲打過照面了吧？是她把妳帶來這裡的喔。」

「……妳說魔女？」

所謂的魔女，是帝國人對於星靈使的蔑稱。

若是用於帝國的揶揄嘲弄，那自己也是這類定義中的魔女，而住在涅比利斯皇廳的一般市民也多半會被劃分為魔女或是魔人。

然而——

凱賓娜所提及的「魔女」兩字，卻帶著截然不同的意涵。

捨棄人類身分的星靈使。

換句話說，即是傳說中「帶來災難的怪物」的那類魔女。

……魔女的誕生之地。

……難道說，碧索沃茲之所以會變成那種樣貌——

是因為接受了不人道的人體實驗？

而且還是在帝國之中？

「碧索沃茲是個能幹的孩子。畢竟是這裡首例誕生的安定型實驗體啊。」

「妳這可恨的帝國人！」

激動的情緒超越了遭到囚禁的恐懼之情。

「不僅將我等星靈使看成魔女，竟然還親手打造出那類非人的怪物嗎！」

「妳姊姊也是其中一員喔。」

「…………咦？」

「沒聽清楚我說什麼嗎？這座名為『艾莎之棺』的設施，也曾經關照過妳姊姊伊莉蒂雅啊。和妳不同，那個女人是自願過來報到的。她為了接受魔女化的手術，不惜從皇廳千里迢迢跑來這裡呢。」

「…………」

簡直莫名其妙。

這個——

這個帝國人究竟在胡說八道些什麼？

露家的第一公主、自己的姊姊伊莉蒂雅，竟然自願來到帝國？

「簡、簡直一派胡言！」

「對我來說倒是無所謂。」

凱賓娜搔著蓬亂的紅髮，苦笑著說道：

「妳姊姊表現得極為出色。」

說完，她仰望半空，看向昏暗的天花板。

像是在尋思過去發生過的事。

「我雖然對人類的肉體不感興趣，就只有那個女人另當別論。那真是極其誘人且煽情的一副身體。那樣的裸體已經不是女神下凡，而是用以蠱惑天下男人的惡魔之軀……就連我在初次目睹時也不禁興奮得手指顫抖啊。」

「……我對妳那畸形的嗜好不感興趣。」

「然而作為實驗體來說，她卻是最為糟糕的一個。」

「唔！」

「伊莉蒂雅並不是我所追求的那種『聽話的實驗體』，所以才有必要尋找替代品。我想要的是純血種。而進一步來說，若是能和那個女人流有同樣的血脈就更好了——」

她將白袍掀開。

白袍底下整齊排列著一排空針筒，以及發出淡淡光芒、已經裝填了藥劑的針筒。

「沒錯，第三公主希絲蓓爾，就是妳喔。」

「什麼！」

「所以我才說了『歡迎歸來』啊。若是和那個女人流有同樣血脈的妹妹，應該就能研究出相當不錯的抗體吧。來吧，妳想先從哪一劑開始施打？」

帝國領地的某處——「艾莎之棺」。
魔女的誕生之地傳出公主的尖叫聲。

Chapter.1　「前往魔女樂園的另一側」

1

中央州——

距離涅比利斯王宮不遠的市中心旅館其中一間客房——

「咦？好奇怪喔？是已經被音音我打包了嗎？」

身為帝國軍第九〇七部隊一員的音音，此時正俯視著敞開的行李箱，歪頭感到不解。

音音・艾卡斯托涅。

少女將髮量豐沛的紅髮綁成馬尾，碩大的眼瞳給人深刻的印象。

她有著快活而討喜的笑容，雖然年僅十五，苗條修長的身材已給人模特兒般的成熟氛圍。

而她現在所嘟噥的是——

「都數了好幾次了，但總是少一條呢……」

「音音小妹，怎麼啦？妳從剛剛是不是就一直在找東西？」

湊近過來的，是女隊長米司蜜絲。

和給人早熟印象的音音恰成對比，這位二十二歲的成年女子頂著一張看似十五、六歲的稚嫩面容。

「馬上就要集合出發嘍。咱們說好要在旅館大廳和燐小姐碰頭。」

「等等，隊長！再給音音我一點時間，我馬上就會找到！」

「妳到底在找什麼啊？」

「一條毛巾。」

音音的回答卻是相當不起眼的一項物品。

「音音我從帝國帶來的毛巾，有一條不論怎麼找都找不到。」

「……啊～原來是毛巾啊。人家還擔心是什麼重要東西呢。」

米司蜜絲隊長露出苦笑。

「人家還以為妳是找不到內衣在緊張呢，畢竟人家也一樣呀。」

「隊長！您是不是輕描淡寫地說了很要緊的事呀！」

「沒事、沒事。所以說音音小妹也不用這麼擔心啦。不過就是一條毛巾，掉在這間旅館裡也不要緊。」

「……唔——」

「該不會是什麼特別的毛巾吧？」

「是不怎麼特別啦，不過那是音音我親手製作的。因為做得挺精緻的，音音我很喜歡。」

音音露出有些為難的神情，並且交抱雙臂說：

「算了、算了，有空再做一條就好。我只是很在意那到底能燒得多旺。」

「……燒得多旺？」

「嗯，只要有這點火苗——」

音音取出一只打火機。

並讓打火機「啵」地燃起小小火焰。

「讓這點小火接觸那條浴巾，就能引發大爆炸，甚至能輕鬆炸飛這棟旅館的大廳。所以音音我才會為了自衛，特地從帝國帶來。」

「音音小妹，這破壞力已經脫離自衛的範疇了吧！」

「要是沒被別人撿走就好了……」

「快點把它找出來！動作快！」

「可是音音我就是找不到呀——」

這時傳來了「鈴」的一聲。

有人按響兩人房間的訪客鈴。

「喂，隊長（老大）、音音，差不多該去大廳集合嘍。」

在走廊上現身的，是銀髮狙擊手——陣。他左肩扛著旅行包，右肩則揹著用來藏匿狙擊槍的高爾夫球袋。

陣開口叮嚀，並在此時掏出一條毛巾。

「話說回來，我和伊思卡的房間裡找到這玩意兒，是隊長的東西嗎？」

「啊——————！」

音音指著陣撿到的毛巾大聲喊道：

「就是那個！那個就是音音的毛巾！原來如此，是剛剛開會的時候——」

「什麼啊，原來是音音的東西啊？這玩意兒看起來有點破，我還以為是隊長的。」

原以為陣要將毛巾遞給音音……

然而他不知為何突然朝走廊的另一端邁步走去。

「這都弄髒了，不如就扔了吧。丟可燃垃圾的垃圾桶就可以了吧？」

「不可以燒掉啦————！」

「丟不可燃垃圾的垃圾桶啦！」

音音和米司蜜絲慌慌張張地阻止了陣。

旅館一樓的玄關處。

在旅客和商務客頻繁出入的大廳角落。

「…………是西詩提爾嗎？」

聽到從背後接近的輕微腳步聲，伊思卡睜開一隻眼睛。

在支撐著天花板的梁柱一角——

一名茶髮少女正站在那裡。她名為西詩提爾，是寄宿了「回音」星靈的星靈使，同時也是露家的隨從之一。

而她像是吃了一驚，對著伊思卡愣愣地眨了眨眼。

「……你怎麼知道是我來了？你是先開口才把頭轉過來的吧？」

「我聽腳步聲就能分辨了。」

「不對。這樣的回答雖然也在我的預期內，但就算有腳步聲朝你走近，露家的隨從也不止我一個人，來者也可能是娜彌、尤米莉夏、愛雪或是諾葉兒不是嗎？」

「話是這麼說沒錯。」

對於這可以說是理所當然的問話——

伊思卡只是隨性地聳了聳肩。

「我們已經在這間旅館一起待了將近一週，即使不情願，也差不多該分辨得出差異了。」

「你聽得出我們五人腳步聲的不同嗎？」

「與其說是腳步聲，不如說是步調（節奏）吧。如果妳刻意加快步伐，我就聽不出來了。」

「真是個怪人。」

「……就不能用更有褒獎意思的話語作結嗎？」

「侍奉露家的我，是不能開口稱讚敵國士兵的。」

真是毫不留情面。

雖說如此，這應該才是雙方所該展露的正確態度吧。

這裡是有「魔女樂園」別名的涅比利斯皇廳，而己方（伊思卡）一行人光是能以帝國士兵的身分待在此地，就已經是特例中的特例了吧。

「我姑且問個一句，妳在旅館內光明正大與『敵國士兵』對話不會出事嗎？」

「我當然是用我的星靈力量，將音量都集中在這裡。只要距離我們超過五公分，就什麼也聽不見。」

她（西詩提爾）的「回音」是能收集聲音的星靈。

在入侵休朵拉家的研究所「雪與太陽」時，這股力量也用來探查希絲蓓爾的所在地。

「我收到了燐大人的訊息。她雖然多花了些時間在做準備，但很快就會抵達此地。你們所要搭乘的航班也將如期出發。」

「妳們呢？」

「我們這批隨從會在你們離開旅館後，再次回到那間祕密藏身處（避難所）。畢竟重建別墅或許得花上不少時間。」

「我知道了。」

「比起我們，還請以希絲蓓爾大人的安危為重。」

在伊思卡的身旁——

茶髮少女背靠著巨大的柱子說：

「我聽說希絲蓓爾大人被帶到帝國境內，這應該沒有錯吧？」

「也只能這麼認定了，畢竟那是我們唯一的線索。」

太陽抓走了希絲蓓爾。

這是名為米潔曦比的公主親口說出的事實。她還表示，這是策謀已久的一項計畫。

「那個魔人（薩林哲）想要的是『這個』對吧？」

「你就問問他是怎麼知道『額我略祕文』的存在吧。」

下任當家米潔曦比・休朵拉・涅比利斯九世。

伊思卡成功奪走了她所配戴的其中一只耳飾。

……額我略祕文是吧。

……我從來沒聽說過這個東西，燐和愛麗絲似乎也渾然不知。

應該是太陽獨有的暗號吧。

雖說內容很可能是顛覆國家的計畫書，但伊思卡一行人真正的收穫，其實是希絲蓓爾的行蹤訊息。

「請一定要將她帶回來喔。」

少女抬起臉龐。

她的眼眸閃爍著尖銳而有力的光芒。

「你曾說過，若是無法將她帶回，就能取走你的性命。」

「君子一言，駟馬難追。」

「那我就放心了。我便是為了確認此事才來的。」

茶髮少女站直身子。

她像是終於放下了心中大石似的，長長地吁了一口氣。

「還有，燐大人就拜託你了。」

「就算我們不費心關照，燐也有辦法照顧好自己吧？」

「說得也是呢。畢竟她很強呀。」

西詩提爾面露苦笑。

「即使同為王室的隨從，每個人的能耐也是千差萬別。我只是一介打雜人員，燐大人則是『王宮守護星』，是女王陛下親自指派的菁英——沒有我操心的餘地。」

少女調轉腳步。

她融入穿梭在走道上的旅客人潮中，轉瞬間就看不見她的背影。

在場僅剩下伊思卡一人。

「……米司蜜絲隊長他們還真慢耶。」

伊思卡扛起用來藏匿星劍的高爾夫球袋，同時環顧四周狀況。

2

涅比利斯王宮——俗稱「星之要塞」。

這是過去無數星靈凝聚而成的結晶所堆砌的城堡，即使是尋常火勢，也無法在外牆上留下一絲煤灰，就算遭到砲彈所傷，也只要一晚便能自行修復。

而露家所居住的「星之塔」——

如今外牆已毫髮無傷。

曾被帝國軍砲彈燒灼過的牆壁已完好無缺地修復完畢。

「妳不需要擔心王宮的事！女王大人（母親大人）的手臂雖然還帶著傷，但本小姐會輔佐她，將萬事處理得井井有條！」

星之塔。

在公主的私人房間「鐘之寶石箱」裡，愛麗絲手抵胸口如此嚷嚷。

「好啦，燐！」

「…………」

「妳將搭乘今天中午的班機飛離皇廳。這一切都是為了露家和皇廳的未來！接下入侵帝國的任務吧！」

「…………喔。」

「燐，這可是大事一件喔。能擔負這種重要任務的，絕對非妳莫屬！……唉呀，怎麼啦？妳的臉色很難看喔？」

「……小的的臉色很難看嗎？應該很難看吧。」

——死氣沉沉。

愛麗絲的隨從——燐．碧士波茲頂著一張好似隨時都會昏厥過去的鐵青面孔，對著主人嘆了口氣。

順帶一提，這是今天的第十八聲嘆息。

「……愛麗絲大人。」

「怎麼啦？」

「小的家族代代都擔任王室隨從，我的父親和祖父為了露家奉獻他們的一生。而小的則受到現任女王陛下賞識，自幼便侍奉最有機會成為下任女王的愛麗絲大人。」

「嗯，妳說得沒錯。」

燐的話語讓愛麗絲直率地點了點頭。

「正因為有妳的陪伴，才能成就現在的我。本小姐真的很感謝妳。」

「是的。為了能幫愛麗絲大人出一份力，小的不僅做好身為隨從的本分，也投身於各種訓練，成為一名能捨命相護的護衛。」

涅比利斯的每一位王族都有兩名隨從相陪。

其中一人是照料日常起居的貼身侍女。

另一人則是守護王族安危的護衛「王宮守護星」。他們都是克服了嚴苛試煉的星靈使，僅有通過當家安排的最終測驗之人才有資格擔任。

——燐卻是一人身兼二職。

可以說是特例中的特例。

就算放眼露家、佐亞家和休朵拉家這三大王室，有能耐身兼二職的，就只有燐一人而已。

「愛麗絲大人的幸福，就是小的幸福。只要能夠陪伴在愛麗絲大人的身旁，小的就再也別無所求。」

「是呀，我們已經締結了牢不可破的羈絆呢。」

「可是，能請您聽小的說句話嗎？」

「燐？」

「為、什、麼是由小的出馬啦————！」

這麼吶喊的燐，此時正穿著深色套裝，一副要出遠門的行頭。

這是她以旅客身分前往帝國所做的偽裝。

「……唉，真是教人煩悶。」

「這是為了營救希絲蓓爾呀，頂多忍個一週就好了吧？」

「話是這樣說沒錯啦……」

燐重重地垮下肩膀。

眼見隨從難得露出消極的神情，愛麗絲握住她的手，輕輕地點點頭。

「別露出這種表情。喏，這個就交給妳保管了。」

她將太陽造型的飾品放到燐的掌心。

這是太陽家的公主米潔曦比所配戴的耳飾，也是伊思卡在星靈研究所「雪與太陽」奪得的戰利品。

而目前也已經解析出飾品裡藏有一枚古怪的晶片。

「根據伊思卡的第一手消息，她似乎將這個稱為『額我略祕文』吧？」

「是的。小的認為這應該是屬於休朵拉家的機密文件。由於被嚴謹地加密過，若想讀取檔案，或許得送到專門解密的機構進行處理。而我們目前唯一能讀到的資料……」

「是希絲蓓爾的行蹤對吧？所以本小姐才會託付妳這件事呀。」

離開皇廳領土。

露家的第三公主希絲蓓爾被人帶到了帝國——倘若休朵拉家與帝國軍暗通款曲，這件事聽起來便著實可信。

……帝國很想要純血種。

……拿希絲蓓爾作為交換，太陽究竟能從帝國手中拿到什麼樣的報酬？

這件事不僅僅牽扯到自己的妹妹。

雖說帝國軍所引發的王宮襲擊事件已然落幕，迄今仍有兩人依舊下落不明。

分別是露家的第一公主伊莉蒂雅。

以及佐亞家當家葛羅烏利。

目前能斷定的是：兩人也和希絲蓓爾一樣，都被帶到了帝國領土內。

「燐，我希望這不是走投無路，而是扭轉乾坤的契機。」

「小的非常明白。」

燐緬緊唇角。

「希絲蓓爾大人的『燈』之星靈，具備著揪出王宮襲擊事件真凶的能力。小的一定會將她營救回國——為了揭穿太陽的陰謀……就是這麼回事。」

燐轉過身子。

她看向待在客廳角落、遠遠地注視著燐與愛麗絲互動的少女。

「我不在的這段期間，守護愛麗絲大人的職務就交給妳了。」

「好、好的……！」

少女的年紀應該和希絲蓓爾差不多。

她的身材嬌小、留著一頭及肩的黑髮，臉龐殘留著些許稚氣。其脖頸還微微散發著用來證明她星靈使身分的灰色星紋光芒。

這是能創造出分身的「影」之星靈衍生種。

「小的已收到女王的敕令。只要燐大人離開愛麗絲大人的身邊，月亮（佐亞）和太陽便會立即察覺，勾起他們的疑心。」

「我預估此行會去一個星期。要連續施展星靈術超過一週，妳恐怕會相當難受。」

「不、不會的！小的會全力以赴……！」

稚氣未脫的少女躬身行禮。

與此同時，火花「啪」的一聲迸散開來。少女的身影像是線頭被抽開的衣服似的崩解潰散，緊接著一名茶髮少女的身影出現在原地。

身穿傭人服的少女有著凌厲的相貌，完全就是「另一個燐」。

「愛麗絲大人。」

她以**燐的嗓音**開口說：

「燐．碧士波茲將伴您左右……請問這樣的表現是否合格呢？」

「非常好。」

愛麗絲看著變裝成燐的少女，用力地點了點頭。

「雖說聲調的起伏還是有不自然之處，但如此毫微末節的破綻理應不會被人察覺。若只有一個星期左右，應當不會有事。」

少女是露家的特務祕書官。

雖然年紀尚幼，但她已是個身手不凡的星靈使，並被王室聘來做為「替身」。她平時都是擔任女王的替身，這回則是收到了機密指令，前來暫代燐的空缺。

「燐，從妳這個本尊看來，她的表現如何？」

「…………」

身穿套裝的燐仔仔細細地打量身穿傭人服打扮的另一個燐。

她從頭到腳一次又一次地打量後——

「沒有問題。硬要挑毛病的話，就是真正的我身高還要再高一點，五官也更加標緻一些。更重要的是，我的胸部應該還要再大一些才對。」

「……那、那個……」

以極為拘謹的嗓音——

變裝成燐的少女以十分過意不去的態度說：

「我的外貌是透過星靈術擷取您的外型……所以無論是臉孔還是身體，應當都與燐大人別無二致才是。」

「————」

「所、所以說……您若是對胸部的尺寸感到在意，是否代表——」

「唔！給本小姐等一下！」

就在少女張口欲言之際——

愛麗絲察覺蹊蹺，並立刻制止了替身少女。

「胸部的話題就到此為止！再說下去，只會傷害燐的自尊呀！」

「愛麗絲大人，您這是什麼意思！」

「光是前往帝國一事就已經讓燐感到心力交瘁了，本小姐不能再對她落井下石！就當作本尊的胸部尺寸確實比較大吧！」

「您這樣說反而讓小的更受傷呀！都是因為愛麗絲大人您那多餘的顧慮！」

「好了啦，燐。」

隨從頓時滿臉通紅，愛麗絲則握住她的手作勢道別。

「本小姐期待妳自帝國歸來之際，肯定會因為經歷了嚴苛的任務而讓身心有所成長——主要是胸部的部分！」

「不需要您雞婆啦！」

燐抱著行李箱，一個箭步衝出愛麗絲的房間。

「好呀！好呀！既然您都這麼說了，小的會在變得比愛麗絲大人更大之後回來的！」

3

涅比利斯皇廳第四州──札爾法倫。
此地為札爾國際機場。
是距離中央州最近的一座機場。
「──如此這般。我雖然在愛麗絲大人面前那般強行振作，一旦到了登機的時候，果然還是會感到憂鬱……」
「嗯？怎麼啦，為什麼突然停下腳步了？」
燐沉重的低喃聲讓伊思卡回頭問道。
燐目前穿著一身沒有絲毫皺摺的套裝，手裡提著行李箱，看起來就像個要前往他國進行商談的女強人。
「別在機場做出惹人注目的事──燐，這不是妳叮嚀過我們的事項嗎？」
「……伊思卡。」
燐惡狠狠地抬眼看來。
之所以不用平時的「帝國劍士」一詞稱呼，是因為這裡是皇廳的機場，得預防被他人聽見的可能性。

「你哪裡能明白我的心情？離開愛麗絲大人身邊所帶來的苦痛，甚至還不得不踏上汙穢不堪的敵方領地，我是有苦說不出啊！」

「有、有這麼嚴重啊……」

簡單來說，她並不想前往帝國。

雖然對伊思卡來說帝國是他土生土長的故鄉，但對於燐這位星靈使來說，便是創造出「魔女」和「魔人」等蔑稱的邪惡大國。

「就是這麼一回事。」

燐有氣無力地邁步前行。

她所前往的並非機場的候機室，而是更深處的購物區。

「至少讓我在最後帶點祖國的回憶……買點皇廳的伴手禮吧。啊，是印製了歷任女王頭像的皇廳餅乾啊？我以前認為這是乏人問津的滯銷貨，如今卻如此教人懷念。我就買個一盒吧。」

「我說燐啊。」

「怎麼了？」

「我們接下來要去帝國，妳要是帶著皇廳餅乾入境，肯定會招來懷疑的目光。」

「…………」

燐的動作驀地停了下來。

她捧著裝有伴手禮餅乾的小盒子，肩膀劇烈地顫抖起來，甚至整張臉都漲得通紅——

「你這個笨蛋！」

「唔哇！等等，燐，拿禮盒砸人很沒禮貌耶！」

「吵死了、吵死了！光是我拿的不是匕首，你就該感激涕零了！」

伊思卡接住禮盒。

接著他悄悄把盒子放回陳列架上，沒讓店員察覺異狀。

「反正也沒幾天吧？」

「……那還用說。我再怎麼樣也不可能在帝國待上兩週，甚至是三週！」

她似乎終於做好覺悟。只見調整好氣息的燐朝著機場深處走去。

這時——

米司蜜絲隊長、音音和陣連袂現身。

「啊～有了、有了！阿伊、燐小姐，你們動作要快喲。現在好像已經開放登機了，飛機很快就要起飛了！」

「沒必要這麼慌張。」

燐語氣平淡地說：

「只要檢查完隨身行李，馬上就能登機了。」

「可是行李檢查處已經大排長龍了耶！喏，你們看，到處都排滿了除了音音我們之外的一般旅客！」

「不是去那邊檢查，走這裡。」

燐打開僅限工作人員出入的門鎖，走進門扉後方。

還以為門後是工作人員的作業區——

展露在前方的，卻是沒有任何一名工作人員的直達通道。

「這是王族專用的快速通道，我們可以跳過行李檢查處直接登機。這裡是露家專用的通道，所以不用擔心會被月亮或是太陽察覺。」

「咦咦！」

「太狡猾了吧！」

「一點也不。若非如此，我們根本過不了行李檢查處那一關吧？一旦被金屬探測器掃過，馬上就會引發巨大騷動。」

燐的西裝內袋藏了一把尖銳的匕首。

名片匣裡也塞滿了纖細如針的暗器。

「說得也是。不然我的槍可就帶不上飛機了。」

揹著高爾夫球袋的陣點點頭。

「音音和隊長的槍也一樣吧？還有伊思卡的劍也是。」

「……但也不全然都是好事。」

燐走在空無一人的通道上，直視著前方說道：

「反過來說，希絲蓓爾大人也是像這樣被搬運出去的。他們利用王族專用的快速通道，大搖大擺地搭上飛機。」

燐從懷中取出太陽造型的飾品。

這是從米潔曦比公主稱為額我略祕文的機密文件——假如記載其中的希絲蓓爾移送路徑可信，那麼她此時已被帶到了帝國境內。

「伊思卡。」

走在最前方的燐，將視線朝自己投了過來。

「根據世界協約的規定，應當給予俘虜人道的待遇，諸如拷問和人體實驗皆是遭到禁止的行為。皇廳和帝國都有在協約上簽章對吧？」

「……是啊。」

禁止非人道行為。

燐列舉的禁止事項，全世界所有國家無一例外都有好好遵守。

……至少表面上是如此。

……會表現得遵守協約，只是出於外交方面的理由，不願被其他國家抓住把柄罷了。

那麼私底下呢？

帝國對擄來的魔女進行人體實驗。

而皇廳則讓抓到的帝國士兵淪為奴隸。

雖說兩種傳言都有幾分可信，真相卻無人知曉。

第九〇七部隊（伊思卡一行人）僅是帝國這超巨大組織的底層人員。就算想探聽真相，他們無法觸及的機密仍然多不勝數。

「講這些可能會招致帝國部隊（你們幾個）的反感，但醜話還是要說在前頭——我不認為帝國會對俘虜採取人道的待遇。」

「因為皇廳也一樣。」

「…………」

燐的這番話語——

正是因為她所侍奉的主人不在場，才會被她宣之於口吧。

「現任女王陛下雖是相對穩健的作風，但其他王室家族……如你們所見，假如休朵拉家是一群膽敢算計女王陛下性命的匪類，不管什麼樣的骯髒手段，他們想必都會毫無避諱地用上。」

「對待希絲蓓爾也是如此？」

「就是這麼一回事。倘若等希絲蓓爾大人有什麼萬一才採取行動，一切就為時已晚。」

為此才要加快步伐。

他們已經沒有多餘的時間搭乘巴士或火車，曠日費時地從皇廳長距離移動到帝都。

是拷問，抑或是人體實驗……

也不曉得在獲得了足以稱之為頂尖魔女樣本的「始祖後裔（希絲蓓爾）」後，帝國和休朵拉家究竟有什麼打算。

「得速戰速決才行。」

她將有著太陽雕飾的耳環收進懷中。

燐以強硬的口氣斷定：

「我會在一週之內奪回希絲蓓爾大人並返抵國門，之後我們就互不相干。」

然而……

伊思卡和燐尚且不知——

他們不僅會在帝國待超過一週，還將迎來波及全世界的動盪未來。

Chapter.2 「歸來與造訪」

1

涅比利斯王宮「星之塔」——

愛麗絲的書房裡突然「啪」的一聲發出瓷器破裂的尖銳聲響。

「唉呀？」

她往聲響的方向看去。

只見地上散落著茶杯的碎片，而燐正要出手收拾。

「小的馬上收拾完畢。」

燐一板一眼地收拾起碎裂的瓷器。

「別放在心上，妳是頭一次從事隨從的職務吧？」

「……真的非常抱歉。」

少女以燐的嗓音回應。

以星靈術變身為燐的她，微微行禮致歉。

她應該很不習慣**這類工作**吧。

替身少女迄今所扮演的，都是王室的重要人物。愛麗絲聽說她扮演的都是女王或是大臣等重鎮，很習慣散發出「居高臨下」的氣息。

這是她首次扮演隨從的角色。

她就連照料愛麗絲的任務都表現得左支右絀。比方說，愛麗絲剛剛只是拜託她泡杯紅茶，結果下場便是如此。

……就算犯了過錯，還能維持燐的作風面不改色，這點確實值得讚賞。

……但能夠模仿的終究只有外表呢。

燐在以隨從的身分工作時，總是能將一切打理得極其完美。

就算愛麗絲事前不知情，也只須憑藉犯下了疏失這一點，就能斷定少女是一名冒牌貨。

「妳今年幾歲？」

「小的十六歲，今年就要十七了。」

「啊，不好意思。本小姐問的不是燐，而是妳真正的年紀。」

「小的已滿十五歲。」

這是還在接受義務教育的年紀。

她原本就是個稚氣未脫的黑髮少女，而且還怯弱得無法和她目前扮演的燐相比。

……在執行任務的時候，她總是勉強自己表現出成熟的樣子呢。

……這點確實讓人佩服，不過……

這樣的障眼法瞞不過經驗老道的菁英。

舉凡佐亞家的假面卿，或是休朵拉家的當家塔里斯曼，肯定都能一眼看出少女的舉止有異常之處。

「會議是下午召開對嗎？」

「是的。會議將於下午一點開始。」

如今的愛麗絲幾乎每天都得出席會議。

帝國軍突破國境，引發王宮襲擊事件。

雖然造成了許多人受傷，也因為王室成員遭擄而在商討是否該展開報復——卻一直沒有達成共識。

主要是因為有三方意見相互衝突的關係。

——星星由現任女王表態，主張應先重整國內態勢。

——月亮主張應向帝國全面開戰。

——太陽則認為國家需要新任女王，因此主張舉辦女王聖別大典。

三方各執一詞，互不相讓。

即使要讓許多人民在帝國與皇廳之間的全面戰爭中犧牲，月亮也不惜與帝國開戰。

至於太陽，說穿了就是企圖顛覆王室的幕後黑手。

「本小姐要代理女王大人擔任露家代表。假面卿和塔里斯曼卿也都會到場對吧？」

「……那個，愛麗絲大人。」

少女清掃完地板，露出有點過意不去的神情。

「小的是否在這裡等您回來為佳呢？」

「…………」

真敏銳。

倘若在假面卿和塔里斯曼在場時現身，她生澀的舉止想必會遭人察覺是一名替身——

而少女便是猜到了愛麗絲的想法，才會這麼開口詢問吧。

「妳跟我一起來吧。」

愛麗絲拍了拍燐的背部，堅強地露出笑容。

「平常總是陪伴本小姐的燐一旦不在場，想必更容易引人疑竇吧？」

「……可、可是……」

「真正的燐可是不會說這些喪氣話的喔。」

「唔！」

「拿出自信來。妳的星靈十分強大，只要坦然以對，就肯定不會有事。」

「好、好的！」

扮演燐的少女用力地點點頭。愛麗絲也露出笑容回應，並瞥了一眼牆上的時鐘。差不多是班機落地的時間了吧。

燐很快就要踏入帝國。

「……伊思卡是不會違背約定的。燐，妳要多信任他一點呀。」

「伊思卡？」

「沒、沒事！本小姐什麼都沒說！」

被聽覺敏銳的隨從這麼一問，愛麗絲連忙揮揮手掩飾過去。

2

獨立國家歐普納——

在帝國和涅比利斯這兩大國家之間夾雜著無數的中立國，而歐普納便是最為鄰近帝國東側的國家。

——換句話說就是中繼站。

涅比利斯皇廳和帝國之間並不存在直航的班機。

因此要先搭飛機抵達這座名為歐普納的中立國。

之後則是利用遍布全大陸的高速公路，從東側進入帝國領土。

「……已經近在咫尺了啊。」

高速公路筆直地延伸至地平線。

坐在大型廂型車副駕駛座上的伊思卡眺望著眼前的風景，同時瞥了一眼手邊的地圖。只要再沿著這條高速公路開上一陣子，應該就能看到帝國的國境關卡。

只要能順利通過，就能進入帝國。

「米司蜜絲隊長。」

他朝著坐在後座的女隊長說：

「很快就要抵達國境關卡了。就算出示我們的帝國居民證和帝國軍方身分證，應該也不會有問題吧？」

「嗯。人家覺得咱們沒必要隱藏身分，畢竟這可是名正言順的歸國呀。」

米司蜜絲隊長點頭回應，將帝國製的高壓電擊槍擱在腿上。

換做是其他國家的人士攜帶這類危險物品，肯定會被國境關卡百般刁難；但帝國士兵就能充作防身之用，合法攜帶這類武器。

陣一直偽裝成獵槍的狙擊槍，如今也能光明正大地用原本的樣貌通關入境。

伊思卡的星劍亦然。

「在闖越皇廳國境的時候，我原本以為會連小命都丟了，不過回到帝國的國境關卡就輕鬆多了呢。」

陣若有所思地接話說：

「雖說回到帝國之後還有不少麻煩事等著面對，但對我們來說，此行就只是單純的歸國，只要宣稱我們是從觀光勝地回來的就行了。至於唯一的變數嘛……」

他側目瞥了一眼。

陣偷偷打量坐在他右側——也就是坐在後座門邊的燐；然而就只有她完全不打算參與眾人的話題。

燐目前正沉浸在詳閱帝國觀光手冊的樂趣之中。

「……原來如此，這就是帝國紙鈔啊？和我在歷史課上學過的一樣呢。」

燐的左手握著皇廳紙鈔。

右手則攤開帝國紙鈔並交互比對著。

「嗯嗯嗯……帝國境內雖然也能以世界通用紙鈔支付，但百分之九十七的市民都是使用帝國紙鈔。若是用通用紙鈔，想必會被懷疑是外地人吧。就算能順利入侵帝國，要是我是皇廳人一事東窗事發，那一切努力都會付諸流水……看來還是使用帝國紙鈔比較妥當……」

「就是看這傢伙能不能沉住氣了吧。」

陣以拇指比了一下直盯著觀光手冊的燐。

「要是她能乖乖地表現得像個觀光客自然是再好不過。但就近目睹密探（間諜）研究著潛入帝國而不被發現的方法，對我這個帝國人來說心情還真是複雜。」

「關於這部分，我們可說是彼此彼此。」

燐一臉不快地轉頭看來。

雖然她沒有參與眾人的對話，想必隨時都有稍加留意，將對話的內容收進心底吧。

「就拿你們來到露家別墅的那件事來說吧，當時的隨從們可是對你們感到深惡痛絕喔。」

她指的「隨從們」應該是侍奉露家的五名少女吧。

她們分別是尤米莉夏、艾雪、諾葉兒、西詩提爾和娜彌。五人雖然都還年輕，但都已經是露家的心腹成員了。

也因此，她們對於帝國的恨意異於常人。

「讓帝國士兵踏入別墅，可說是前所未聞之事。按理來說，你們應該要立刻被移送到警備隊手裡，再不濟也該在你們的餐食裡混些泥巴，又或者是偷偷拍下你們洗澡時的裸體模樣，藉此羞辱一番才是。她們滿嘴可都是對你們的埋怨和壞話喔。」

「這也是理所當然的反應，我們也做好了房間裡被架設竊聽器的心理準備。」

「我們並沒有那麼做。」

聽到陣的回應，燐以斬釘截鐵的態度搖搖頭。

「希絲蓓爾大人事前做了吩咐。她分別叫來五名隨從並叮囑她們：『若是對他們失了禮數，就是對我的無禮之舉。』」

「……那丫頭這麼做過？」

「就是這麼回事。我沒打算要求你們對希絲蓓爾大人知恩圖報，但你們最好記得此事背後有這層安排。」

燐交抱雙臂說道。

不過，她隨即像是想起什麼似的往左邊座位看去。

「換個話題吧。米司蜜絲隊長？」

「什、什麼事！」

「————」

燐伸手指了指自己的左肩。

看到她的動作，米司蜜絲隊長登時吃了一驚，伸手按住左肩。

——該處閃爍著綠色光芒的星紋。

當然，目前星紋是處於被貼紙遮掩的狀態。

「妳貼在肩膀上的應該是皇廳製造的貼紙對吧？妳這張貼紙貼幾天了？」

「……呃，大概五天左右。」

「洗澡的時候呢？」

「……應該都是貼著洗的。」

「為防萬一，在抵達帝國的國境關卡之前還是換一張吧。要是貼紙的效力弱化的話，就算只是滲漏少許星靈能量，也會讓妳遭到拘捕。」

「好、好的！」

「順便讓我雞婆一下，這個顏色的貼紙和妳的膚色比較合。」

燐從胸前口袋取出另一種貼紙。不過看在伊思卡眼裡，這張和貼在米司蜜絲隊長身上的貼紙顏色幾乎毫無差別。

「妳貼的是希絲蓓爾大人手頭有的貼紙吧？那位大人甚少暴露在太陽下，所以肌膚顏色和妳的不同。」

希絲蓓爾的肌膚是通透的白瓷色。

然而米司蜜絲卻不同。正因為帝國軍的演習常態性地曬黑她的肌膚，才會有更換膚色貼紙的必要吧。

「這是我用的貼紙，對妳來說這顏色更合適。」

「燐、燐小姐，謝謝妳！」

「要是妳被抓起來的話，那就得不償失了。就只是這樣而已。」

她的語氣十分冷淡。燐的語氣固然很有她一貫的作風，不過……

「…………」

「怎麼，帝國劍士？你那眼神是怎麼回事？」

察覺到伊思卡從前座投來的眼神後，燐看似不悅地皺起臉龐。

「你難道以為我給她的貼紙是瑕疵品？」

「不是啦。」

「那是怎樣？」

「……我只是感慨燐也變得圓滑多了。」

「你說什麼！」

燐倏地從座位上起身。

她在車內站立，以像是要頂到天窗般的氣勢探出身子。

「你這傢伙，講那句話是什麼意思？是想用花言巧語收買我嗎！」

「我是在誇獎妳啊！」

看到燐莫名火冒三丈的反應，伊思卡慌慌張張地出言平撫。

＝

帝國──

東部國境關卡遠東阿爾托利亞轄區。等待接受入關審查的車輛和巴士，已經綿延排了好百公尺遠。

「咦咦？這隊伍也排得太長了吧？是發生什麼事了？」

米司蜜絲隊長率先這麼吶喊。

她從車窗探出身子，遠眺著長長的車陣。

「這裡可是通往帝國境內的國境關卡耶。這種遠在帝國邊陲的國境關卡，居然也排了這麼長的隊伍……」

「妳說什麼？」

燐從另一側車窗探出臉龐，也同樣露出猜疑的神情眺望塞成一串的車輛。

「這和平時的狀況不同嗎？米司蜜絲隊長，這究竟是怎麼回事？」

「就算問人家，人家也不知道呀！我只是覺得塞成這樣不太正常就是了。」

「……難道是我企圖侵入的事被發現了？」

「不、不會的，不可能有這種事！」

音音用眼角餘光看著兩人——

「欸，隊長，是不是因為在搜身呀？」

同時伸手指向排在國境關卡前方的車陣。

只見車上的乘客一個接著一個地被關務人員唱名，然後走進安全檢查站。

「在通過海關的時候，一般來說只會檢查護照、行李和星靈能量的有無而已；可是現在似乎在做全身檢查。音音我認為就是因為這樣，隊伍才會大排長龍。」

「看來是加強了檢查的層級啊。」

陣接口說道。

也許是看國境關卡膩了吧，此時的陣正放鬆身子躺在座椅上。

「帝國軍在皇廳大鬧一番，甚至還俘虜了純血種。他們應該也預測到皇廳很有可能會派出刺客前來報復，因此加強檢查也算是對症下藥。」

「……但對我來說，這根本是得了便宜還賣乖。」

燐像是怒火難抑似的皺起臉龐。

「算了，管他要搜身還是要怎樣都行。雖說被帝國人碰觸身體會讓我作嘔，但這也是為了奪回希絲蓓爾大人的必經之路。」

「我說燐啊。」

「有事嗎，帝國劍士？」

「在我們的面前也就算了，要是在關務人員面前露出厭惡帝國人的態度，可是會惹人質疑的。妳在這方面要多留意點。」

「────」

燐沒有回話。

她生氣了嗎？──就在伊思卡這麼思忖的時候……

「勞您費心了，伊思卡先生。」

只見茶髮少女露出嬌媚動人的微笑。

她以清脆如鈴的甜美嗓音說：

「您無須操心。在下燐．碧士波茲，早已習得這方面的技藝，能完美地扮演一名乖巧聽話的旅客。」

「…………」

「伊思卡先生，您怎麼了嗎？」

「沒事，我只是覺得……妳如果平常就能表現得如此和藹可親，那我會很高興。」

「請恕在下嚴詞拒絕。」

「回答得好快！」

「是的。相較於對帝國人展露笑容，對著暗巷裡的老鼠露出微笑更有意義一億倍呢。」

「這種笑裡藏刀的態度也不行啦！」

燐雖然頂著一張可愛的笑容——

聽到她毫不遮掩敵意的尖銳言詞，還是讓伊思卡嘆了口氣。

一個小時後——

「您無須操心——講這句話的是哪個傢伙來著？」

國境關卡的檢查站前。

在停了超過一百輛車的停車場裡，等得不耐煩的陣交抱雙臂說：

「我和伊思卡做完搜身檢查後，迄今已經等超過半小時了。我知道女人換衣服很花時間……喂，音音，妳是和她一起接受檢查的吧？」

「嗯，不過音音我和隊長都走了快速通道呢。」

音音伸手指了指才剛離開的安檢站。

雖說搜身是分性別檢查，不過持有帝國軍身分證的伊思卡等人，能享有走快速通道、優先進行安檢的權力。

就只有被視為一般人的燐還排在漫長的女性人龍之中。

「不過確實有點久呢。」

米司蜜絲隊長按著自己的左肩恐怕是出於無意識的行為吧。

——星紋。

帝國各處都設有檢測星靈能量的機器，而這座國境關卡所設置的檢測器，肯定是性能極強的款式。

「就算星靈能量沒有外洩……說不定也會在搜身的過程中被撕掉貼在身上的貼紙，因而東窗事發呀？」

「要是她因為這樣被抓，這件事就到此為止了。我們沒辦法出面袒護她，而這也是我們一開始就說好的事。」

陣的回應聽來冷淡，卻是極為正當的主張。

他們沒辦法站在皇廳那一方。伊思卡一行人此行只是單純的歸國，而燐則是「湊巧混了進來」的路人。就算她失風被抓，眾人也無法出手幫忙。

儘管如此——

伊思卡終究還是有些放心不下。

「隊長，我可以過去看看狀況嗎？」

「你要過去的話，人家也跟著去吧。她應該還在女性候檢的隊伍之中才是。」

這時——

茶髮少女正巧從安檢站的出口現身。

「燐小姐！啊，真是太好了……」

「米司蜜絲隊長，發生什麼事了？」

「那個呀，因為妳遲遲沒出來，讓人家很擔心。」

「只是排得久了一些罷了。檢查過程倒是一下子就結束，整個過程可說簡潔得讓我傻眼呢。看來不管到哪個國家，入關手續都沒什麼差異。」

大概是在搜身的時候脫掉了外套吧。

燐穿著襯衫，將西裝外套掛在肩上走來。她似乎為一行人擔心自己一事感到訝異。

「怎麼啦，帝國劍士？你該不會以為我會在檢查站裡出亂子吧？」

「老實說，我確實有點不安。畢竟我們真的等妳等得挺久的，還擔心是不是被星靈能量偵測器檢測到呢。」

「現在還在擔心這種事啊？我當然有用貼紙藏匿起來，星靈能量絕不可能外洩。」

「我們剛好在談這個話題，正在擔心貼紙會不會從皮膚上被撕下呢。畢竟搜身的時候會碰到身體。」

「什麼啊，原來你在擔心這種無聊小事啊？」

燐老神在在地嗤之以鼻。

「這種徒有其表的搜身程序，才不可能發現我的星紋。」

「是這樣嗎？」

「廢話。說起來只要不把內衣褲脫掉，我的星紋就沒有曝光的風險。」

「喔，那的確是……內衣褲？」

就在伊思卡點頭點到一半的時候——

他驀地察覺到一件重大的事實。

——只要不把內衣褲脫掉，就找不到燐的星紋。

換句話說，她的星紋位於會被內衣褲遮掩的部位。

具體要說是哪裡——

「～～～唔！」

察覺到同一件事的音音和米司蜜絲隊長也紛紛睜大雙眼。

「內衣褲底下！也就是說，燐小姐的星紋……說、說不定會在相當羞於見人的地方？……不對，說不定是那裡！」

「啊哇哇哇！隊、隊長，不可以啦！連音音我聽了都覺得好害臊呀！」

米司蜜絲隊長紅著臉頰開始做起推理。

而音音則是太過害臊，索性把耳朵摀住。

不過……

有一名少女遠比這兩人更為害羞。

「…………」

板著一張臉的燐，已經處於整張臉紅到耳根的狀態。

由於是自己不小心洩漏這羞於見人的祕密，只見她凝視著腳邊、握緊拳頭，想拚命忍住這份屈辱──

「伊思卡啊啊啊啊啊啊啊！」

但她的情緒還是炸開了。

過於害臊的心情讓她的眼角泛淚，並且整個人衝了過來。

「我今天說什麼都饒不了你！」

「為什麼啊！」

「你居然揭露了我的祕密！都是你……都怪你用那種純真的口吻套我的話！星紋的位置很重要嗎！星紋長在屁股上又惹到誰了！」

「會被旁邊的人聽到的啊！」

燐的星紋長在屁股上。

——不許把這件事說出去。

伊思卡一行人發誓會保密後，這才通過了帝國的國境關卡。

3

涅比利斯王宮——

女王宮由星星、月亮與太陽三座塔包圍而成，目前王室成員正接連抵達其多功能大廳。

在此圍繞圓桌而坐的，無一不是當家等級的重要人物。

露家由愛麗絲代替負傷的女王，以代理女王的身分就座。

家臣們則站在外圍待命。

若是包含守護大廳的親衛隊在內，總數應有五十人左右。

雖說齊聚一堂的盡是大國涅比利斯光鮮亮麗的首腦級人物，看在以代理女王身分出席的愛麗絲眼裡，卻又是另一種截然不同的光景。

……不是陰狠狡詐的老狐狸，就是伶牙利齒的老江湖。

……光是待在這裡，就緊繃得教人窒息。

會議的主題為「皇廳復權」。

這個主題已經持續好幾天，其內容包括針對帝國軍入侵一事安撫民心的說明，以及更重要的──也就是該如何奪回遭到俘虜的王室成員。

「──────」

愛麗絲瞥了一眼身旁的隨從。

燐正在著手架設用來錄音的器材──但她其實是由一名少女所扮演的替身。

……若不開口的話，她確實能散發出和本尊一樣的氣息。

……她只要別在會議上說些不該說的話，應該就不會被人發現是冒牌貨。

就在她想到這裡的時候──

「小愛麗絲。」

「是、是的！」

話語聲從距離自己三個座位遠的地方傳來。

被休朵拉家當家塔里斯曼這麼一喊，愛麗絲連忙轉頭看去。

「唉呀，真抱歉。我好像嚇到妳了呢。」

將看似高級的白色西裝穿得筆挺的當家（塔里斯曼），展露紳士十足的笑容。

明明是女王暗殺計畫的幕後黑手，他卻能對於身為女王之女的自己（愛麗絲）笑著搭話，這份膽識實在讓人佩服。

「妳似乎換了件新王袍（禮服）呢。」

「……是、是呀。」

「妳之前的那套王袍固然華美又合襯，但這一套更顯高貴，實在燦爛奪目。穿在氣質高雅的小愛麗絲身上再合適不過了。」

這句話如果是隨便換個人說——

愛麗絲肯定會笑容滿面，感謝對方對自身王袍的讚賞。

——代理女王。

愛麗絲之前穿著的王袍，皆是配合她公主身分的樣式。

如今愛麗絲所穿的新衣，則是為了代理女王的身分特別訂製的。不僅維持原有的氣質，還增添了鮮豔的紅藍雙色。

「妳應該是第一次穿這件衣服出席會議吧？」

「感謝您的誇讚。由於設計師及時趕工完成，我才會換著新衣。」

這當然是謊話。

之所以穿著這身新衣亮相，是為了在月亮和太陽等王室血脈齊聚一堂的場合，展露愛麗絲暫代女王之位的決心。

——不會將女王寶座讓給任何人。

當然，提起這個話題的塔里斯曼本人肯定也察覺到這份意圖。

「話說回來，塔里斯曼卿，她的狀況還好嗎？」

「妳是指米吉嗎？」

其中一名公主沒有到場。

塔里斯曼瞥了一眼空著的座位，露出苦笑說：

「那是前幾天發生的事，雪與太陽遭到不明人士襲擊——」

「是魔人薩林哲犯下的那起案件嗎？」

「是啊。要是能趁機逮住那個魔人，那可就是大功一件，但最後被他巧妙地遁逃出去了。因此我委託米吉負責處理善後。」

「…………」

「哎，這件事先不提了。時間到了，我想各位的時間都很寶貴，就開始召開會議吧。」

負責主持的塔里斯曼拍手說道。

他瞥了圓桌一眼。

「首先就延續昨天的議題吧。國防部長——」

「——那就由在下開始發言。」

一名人高馬大的壯漢站起身子。

「由帝國軍引發的王宮襲擊事件——關於這件事，最大的疑點就是帝國軍究竟是如何穿越皇廳國境的。在下認為，他們應該具備了躲避星靈審判的手段。」

「和資料上寫得一樣呢。」

「是！在下認為，帝國軍之中或許有人移植了星紋在身。日前戰鬥的時候，有人目擊到手臂上有星紋的帝國士兵。」

人工製造的星紋。

包含愛麗絲在內，在場無人知曉帝國軍究竟使用什麼樣的技術。

……不對，在場有一人例外。

……塔里斯曼卿肯定掌握了帝國軍科技的細節。

真教人氣結。要是能在這個場面上大喊：「你就是勾結帝國軍的幕後黑手！」愛麗絲想必也會大感痛快吧。

但只要還沒奪回希絲蓓爾，她的手裡就沒有關鍵性的證據。

「雖說此事令人咬牙切齒——」

國防大臣繼續說道：

「帝國軍確實正在開發皇廳未能掌握的星靈技術。就在下以國防部長的立場判斷，只仰仗星靈審判或許仍不夠周全。」

「應當改為採取審核居民證的方式對吧？」

塔里斯曼語氣平淡地點頭說：

「——昨天便是討論到這個議題為止。若是沒有異議，我便會在今天之內頒布相關命令，讓各國境關卡於明日中午開始實施。」

沒有人提出反駁意見。

「小愛麗絲。」

開口搭話的，是坐在圓桌對側的假面卿。

他看著一語不發的自己。

「妳身為代理女王——或者就以露家公主的身分來說，可有任何意見？」

「……我認為此舉相當妥當。」

愛麗絲努力保持平靜。

為了不讓其他人看透自己的內心，她以若無其事的語氣回應並點頭說道。

「關於下一個議題——」

「是關於始祖大人的事對吧？」

「唔！」

聽到假面卿的回應，讓愛麗絲下意識地倒抽一口氣。

「我打算喚醒始祖大人。」

在前些日子的會議上，提案此事的正是假面卿。

為了報復帝國軍——

必須請出比女王更有震懾力、更為強大的星靈。若能喚醒那位同時具備兩種條件的最古老且最強的星靈使，便能展開一場讓帝國受到重創的戰爭。

「……女王陛下的意見和先前相同。」

不只是面對假面卿——

除了親近佐亞家的大臣們之外，愛麗絲也向在場的所有人這麼回答：

「我不贊成喚醒始祖大人。」

「唔嗯。我聽說是中立都市艾茵來著？聽說始祖大人前些日子甦醒的時候，曾有座都市遭到攻擊，承受了不小的損失。」

「正是如此。」

始祖再次陷入沉眠。

她目前被封印在玻璃製的棺材之中，而能解開枷鎖的就只有女王而已。

「一旦星靈使傷害帝國以外的國家，世間的輿論肯定會倒向帝國那方。我們絕對得避免這樣的情形發生。」

魔女與魔人成為全世界避之唯恐不及的存在——

愛麗絲絕對不能讓皇廳走回那段飽受歧視的歷史。

「我不會將鑰匙交給任何人。」

「這我知道，畢竟鑰匙是由女王所持有的吧？」

「**是本小姐在保管**。」

劈里——

會議廳的空氣迸出與迄今不同的緊繃氛圍。

所有人的目光都集中在愛麗絲拿出的一把鑰匙上。

「雖說前些日子的女王暗殺事件以未遂告終，但或許還有人會使用同樣的手法再次襲擊女王，要是鑰匙因此遭人奪取，很可能會釀成大禍。」

始祖棺材的鑰匙。

愛麗絲在秀給在場所有人員看過後，隨即收進了懷中。

「雖說目前還沒找到那起計畫的幕後主使，但現在本小姐想這麼說上一句——『如果覬覦的是我的性命，那儘管放馬過來。』」

想前來搶奪鑰匙，就做好賠上性命的覺悟吧。

假如你期望與拿出真本事的愛麗絲莉潔對戰——

「這還真是個優秀的手段啊。我若是女王陛下，應該也會這麼安排吧。」

假面卿握拳敲了一下掌心。

「很好。關於始祖大人的處置，就全權交給小愛麗絲處理吧。佐亞家撤回之前的提案。」

「咦？」

「妳為何如此吃驚呢？」

假面卿露出淡淡的笑容。

愛麗絲就是再怎麼專注，也看不透藏在那張金屬面具底下的情緒。

「反對喚醒始祖大人的，不正是小愛麗絲妳嗎？」

「……是的。」

愛麗絲不禁懷疑起自己的耳朵。

由於假面卿撤回「喚醒始祖」的提議實在太過乾脆，反而讓打起了十二分精神備戰的愛麗絲為之錯愕。

「假面卿，您應該不打算收回這句話吧？」

「當然。我願意向在場全員發誓。」

怎麼可能會有這種好事？

總覺得有些不對勁，他未免也太聽話了吧？

這股難以言喻的不對勁轉為不安，讓愛麗絲的內心為之忐忑的同時……

「……感謝您的理解。」

她只能以苦澀的口吻這麼回應。

Chapter.3　「歡迎來到機械運作的理想鄉」

1

單一要塞領域「天帝國」——

世人普遍稱之為帝國。

高度機械化的文明為這個國家帶來前所未有的繁榮。而早在超過百年前，這裡就被稱為「機械運作的理想鄉」。

雖說在始祖涅比利斯的反撲下，帝都曾經化為一片灰燼。

但帝都詠梅倫根——冠有天帝之名、以鋼鐵之都重獲新生的這個國家，為了籌備與魔女、魔人們的最終決戰，更進一步提升了機械化的水準。

如此這般。

對於從未造訪帝國的人們來說，他們對這個國家的第一印象肯定就是如此。

「……和我聽到的不一樣。」

混雜著焦躁和困惑的嗓音傳來。

大型廂型車滑順地行駛在高速公路上，而坐在汽車後座的燐，又再一次發出了不明所以的嘟噥聲：

「和之前聽過的不一樣。喂，帝國劍士，這裡到底是什麼鬼地方？」

「是如假包換的帝國境內啊。」

「那就解釋得清楚一點！」

燐伸手指向完全敞開的車窗外頭。

從高速公路另一端浮現的景色——並不是散發出銀灰色光芒的鋼鐵都會叢林，而是一望無際的綠色平原。

悠閒寧靜的放牧地。

燐伸手指向的方向，乃沐浴著和煦陽光、正在悠哉地吃著牧草的牛群。

「這種鄉下地帶是哪門子的帝國啊！」

「怎麼看都是帝國啊。」

「少來了。你要是以為我對帝國一無所知，那你可就大錯特錯了。」

皇廳人燐喋喋不休地說：

「帝國的路面已經全數機械化，光是站在輸送帶上，就能自動抵達目的地。飛在空中的不是鳥類而是無人機，藉此監視著地面的人類，一旦發現可疑分子，機械士兵就會立刻竄出對其進行射擊……」

「妳的認知根本沒一個是對的啊！」

「那麼這裡到底是哪裡？如山岳般的高樓大廈又在何處！」

「這——」

「因為這裡是帝國的邊陲地帶……的關係吧。」

位於後座——

坐在燐隔壁的米司蜜絲隊長小心翼翼地開口說：

「燐小姐所提及的大都會固然很多，但這裡應該算是……保持著自然風貌吧。帝國在和周遭國家整合起來之前，似乎就是這樣的國家。」

放眼所見盡是放牧地區。

雖說每開上一個小時左右，就能見到小規模的市鎮，但這些小鎮都與高樓大廈林立的光景相去甚遠。

——帝國領地遠東阿爾托利亞轄區。

可以說是帝國最東側的領土。

「話又說回來，我、陣和音音都是在帝都出生的，不過米司蜜絲隊長的故鄉好像是在東部地區吧？」

「嗯。不過人家的老家雖然算是鄉下，並沒有偏僻到這種程度呢。」

「唔嗯。」

另一方面，燐心不在焉地眺望放牧地的牛群好一會兒後，轉頭凝視起坐在一旁的米司蜜絲隊長脖子下方的部位。

「……所以才會長得和牛一樣大嗎？」

「燐小姐！妳在看著人家的哪裡說話呀！」

米司蜜絲隊長感受到燐的視線，連忙用雙手遮住胸部。

「原來如此！」

「連音音小妹也要講這個！」

「妳們比較的部位都錯了。要比的話，應該比腦袋才對。因為她的個性比牛還要來得快活和樂天啊。」

「連阿陣也加入了！……阿伊，太過分了！你是為了讓大家調侃人家，才會聊關於出身地的話題吧！」

「怎麼可能會有那種事啦！」

完全是莫須有的指控。

伊思卡正想為自己辯護，但就在他要動腦思考的時候——

「——好了，蠢話就先聊到這裡。」

燐眺望窗外重重地嘆了口氣，將背部靠上椅背。

「換句話說，我們所要前往的地方並不是帝都那樣的大都市對吧，米司蜜絲隊長？」

「對……對。當然，這段路程中，我們還是會經過一些規模較大的城市啦。」

「**為什麼？**」

燐的這句提問，並不是講給第九〇七部隊的成員聽的。

她是在自問自答吧。因為她的視線正落在握於手中的太陽耳環上頭。

「雖然只能信任這玩意兒發出的訊號……**但為何希絲蓓爾大人並沒有被帶到帝都？**」

沒錯。

伊思卡一行人前往的地方，是距離帝都非常遙遠的東部邊境，與「機械運作的理想鄉」這樣的俗稱可說是天壤之別。

「倘若打算將希絲蓓爾大人作為俘虜所用，應當會帶至帝國司令部才是，而帝國司令部就位於帝都之中——沒錯吧？」

「就和官方公開的資訊一樣，除此之外我們一概不知。」

看到燐朝著自己看來，伊思卡毫不迷惘地點了點頭。

「無論是議會還是司令部，這些重要設施都位於帝都之中，就連帝國唯一的星靈研究機構『奧門』本部也不例外。」

中央集權。

這便是帝國的權力結構。雖說伊思卡礙於立場不能隨便洩漏重要的資訊，但目前為止提及的部分都是帝國對全世界公開的資訊。

……但燐的問題也問到了重點。

……希絲蓓爾可是純血種，無論對於司令部還是帝國議會來說，應該都是望眼欲穿的對象。

伊思卡原本也認為她被帶進了帝都。

然而訊號來自帝都的東側邊境——她被帶到了這個邊陲之地。

「欸欸欸，陣哥覺得怎麼樣？」

「嗯？」

被坐在駕駛座上的音音點名後，陣抬起臉龐。

「要換人開了嗎？」

「不是啦。音音我是在問，希絲蓓爾小姐為何不是被帶到帝都，而是這種窮鄉僻壤呢？」

「這沒包含在契約之中吧？」

銀髮青年的手肘抵著窗沿，拄著臉搖了搖頭。

「我們這一趟只是要返回帝都，只不過在歸途中偶然路過希絲蓓爾被關押的地點罷了。除此之外我們什麼都不會參與，也不會多加干涉，更不會多問不必要的問題。」

「……話是這樣說沒錯啦……」

駕駛座上的音音難得有些支吾其詞。

「音音我們雖然是帝國士兵，但就以帝國士兵的立場來看，你難得不會感到在意嗎？畢竟希絲蓓爾小姐是所謂的純血種，也就是極為罕見的人質呀。如果不將她帶到帝都，豈不是沒辦法好好利用她的價值嗎？」

「就是因為想好好利用她的價值啊。」

「咦？」

「────」

陣瞥了一眼自己的左側。

他的視線先是與燐凝視自己側臉的眼神相交，接著重重地嘆了口氣。

「……真受不了。我只是在自言自語喔。」

在加上這麼一句後──

「那個舉止詭異的傢伙……是休朵拉家的當家來著？」

陣抬頭看向車頂。

在露家別墅遇襲時，他們曾遇過一個自稱是休朵拉家當家塔里斯曼的男子，而陣就像在回想他的長相般。

「就情境證據來說，已經可以篤定他和帝國暗通款曲了。不過，就算兩方勾結屬於事實，他也不見得會和檯面上的人物合作。」

「……什麼意思？」

「那傢伙將希絲蓓爾移交給帝國裡的『某人』，而那個某人很可能不隸屬於司令部或是議會，而是第三方勢力。如此一來，也就能解釋她為何會被帶到這種鳥不生蛋的帝國邊陲了。」

「…………」

燐不發一語。

而陣沒理會燐的反應，將視線投向車窗外頭。

「我先說喔，我也不曉得他的交易對象是誰，但他們的目的應該很好猜吧？音音剛才提到的已經幾乎是正確答案了——希絲蓓爾是珍貴的純血種。有人不想將她交給司令部或是帝國議會，而是想**占為己有**。」

「……那個某人就位於我們所要前往的目的地嗎？」

「八成是吧。我再強調一次，我們不會深入這件事。我們只會把妳載到希絲蓓爾被抓到的地方，之後就會直奔帝都。我們是不會淌這渾水的。」

「這就夠了。」

燐一臉認真地回應。

對於燐的反應，這次換成陣忍不住多瞧她幾眼。

「妳不覺得這樣正合妳意嗎？」

「……什麼意思？」

「對於從皇廳來到這裡的妳來說，帝都可是一處地獄啊。不僅到處都裝設檢測星靈能量的機器，警備隊的數量也不是其他地方能比的。重點是，直屬於天帝的使徒聖也會在街上走動，說不定冷不防就會被撞見。」

「哈！笑死人了。你以為我會因為不用去帝都而鬆了一口氣？」

燐大動作地交抱雙臂。

「我反而感到有點失望呢。在受命營救希絲蓓爾大人的當下，我就已經做好了踏入帝都的覺悟，想不到竟然是來到這種窮鄉僻壤。」

「挺倔強的嘛。」

「這絕非誇大其詞。你以為我至今在多少戰場上出生入死過？」

已經在車子裡待膩了——

燐就像在表露這個意思似的，用強硬的口吻對駕駛搭話道：

「那個叫音音的，今天應該還抵達不了那個目的地吧？」

「應該要明天才會抵達喔。馬上就會抵達一座較大的城鎮，今天會先在那邊住一晚。而且這輛車也差不多該去充電了。」

「……也罷。」

燐以胸有成竹的口吻放話道：

「如果目的地是帝都，至少還能給我帶來一些刺激感，想不到最後竟然是跑到這種帝國的邊境之地。」

2

帝國領地遠東阿爾托利亞轄區——

納塔市——

這裡是一處中繼站，利用高速公路趕路的旅客們都會在這裡休息一晚。

和中立都市艾茵相似，這裡有許多古樸而風貌獨特的建築物。此地遠離大都會的喧囂，是一處時間緩緩流逝的觀光勝地。

然而——

某處卻瀰漫著一股與悠閒氣氛完全相反的氣息。

「我說燐小姐！就當人家退一百步好了，妳要貼在人家身後，還是要搭著人家的肩膀都行，但妳掐得那麼大力，人家也是會痛的呀！」

「……這、這又不是我的錯！」

平日的黃昏時分。

在人來人往的主街道上，第九〇七部隊成了格外顯眼的存在。

精確來說，顯眼的只有燐一個人而已。

「這都是為了戒備周遭。米司蜜絲隊長，妳就幫我這個忙吧！」

燐緊貼在比自己還要嬌小的米司蜜絲隊長身後，匆忙地窺探周遭。

她每走一步就停下腳步一次，如此反覆前進。

從路邊的上班族到觀光客，所有人無一例外地成為她狠狠瞪視的對象，因此她們距離伊思卡一行人愈來愈遠。

「走在這條路上的全部都是帝國人啊，可不能讓他們察覺到我的真實身分！」

「妳這樣戰戰兢兢的，反而更容易引人懷疑啦！」

「唔！這些傢伙……都紛紛和我保持距離了？隊長，這是怎麼回事？」

「還不是因為燐小姐一直在瞪他們的關係！」

居然連米司蜜絲隊長都有吐槽別人的一天。

對伊思卡一行人來說，這可說是彌足珍貴的光景；不過——

「喂，伊思卡、音音。」

站在路邊的陣對他們揮揮手。

「你們也過來這裡吧。要是和那兩人廝混在一起，連我們都會被當成可疑人物。」

「阿陣，你太過分了吧！」

「……真是的，什麼叫『不是帝都反而感到失望』啊。」

陣站在路邊嘆了口氣。

「就連帝國的這種鄉下地方都怕成這樣，到了帝都恐怕連路都不敢走吧？她這種詭異過頭的反應肯定會被警備隊盤查，接著就沒戲唱了。」

「陣哥，這就是那種在籠子裡叫得很大聲，只要出了籠門就會怕得要命的小狗……」

「你、你們在胡說什麼！」

燐聽見陣和音音低聲交談的內容，將眉毛高高吊起。

「居然說我像隻沒膽子的小狗！簡直是胡說八道！」

「不要在貼在人家身後的狀態下大聲喊叫啦——！」

「唔……喂，那邊的！」

燐將視線投向伊思卡。

順帶一提，他們事先說好，在鎮上的時候不會使用「帝國劍士」這個稱呼。

「伊、伊思………」

然而──

燐凝視著自己，講話不知為何變得吞吞吐吐。不僅沒好好看著自己的眼睛，還像是忘了呼吸似的臉頰愈來愈紅。

「……在鎮上喊你的名字，讓我莫名有種抗拒感。」

「咦？為什麼啊？」

「那邊那個黑頭髮的！」

「稱呼別人的方式變得更糟糕了！」

「少、少囉嗦，我只是覺得喊你這種人的名字讓我很不是滋味罷了……」

燐吁了一口氣。

「你到底打算把我帶去哪裡？我可是已經幾乎走遍了整條街啊。」

「目的地是再過去一些的餐廳街喔。這份導覽手冊推薦的餐廳是──」

「什麼？……你該不會打算把我帶到杳無人煙的地方，然後再做些不可告人的事吧！你這個變態！」

「能不能請妳聽我說話啊！」

這樣不行。

看到燐首次進入帝國後表現得緊張萬分，讓伊思卡垮下了肩膀。

半露天咖啡廳「比翼天鵝（天鵝座β）」——

這間是帝國各地都廣設分店的知名連鎖店。由於帝都裡也有好幾間店舖，伊思卡也經常上門光顧這家簡餐店。

「這間店的路線有些獨特呢。雖然是咖啡廳，但咖啡和紅茶的評價並不高，反而是燉菜和咖哩等主食非常好吃。人家也常常到他們家的分店吃午餐呢——」

現在是晚餐時間，店裡相當熱鬧。

在六人座位上，米司蜜絲隊長熟門熟路地攤開菜單，遞給坐在對側的燐觀看。

「這個煎蛋三明治非常鬆軟！然後這個焗烤是用了超級貴的蝦子熬出的高湯提味！還有就是鬆餅！這間店採現點現做的正統做法，是最值得一提的餐點喔～」

「————」

「餐廳街雖然有不少帝國的鄉土料理店，但這種咖啡廳風格的菜色應該也很合燐小姐的胃口才是。還有，我也很推薦這裡的奶油蘇打喔！蘇打水上面會堆上滿滿的鮮奶油……燐小姐？」

在米司蜜絲的面前——

燐的額頭冒出宛如瀑布般的大量汗水。

「……呼……呼……我得冷靜一點。」

不只是主街道而已，她似乎在店裡也沒辦法平復緊張的心情。比起菜單，她更將注意力集中在鄰桌的客人和店員們的動向上。

「那個叫音音的，我記得妳挺會操作機械的對吧？」

「嗯?可以這麼說啦。」

「那臺監視攝影機是怎麼回事？」

燐對音音咬耳朵，用視線指向掛在天花板上的攝影機。

「帝國連這種餐飲店也要設置監視攝影機嗎？」

「那只是很普通的監視攝影機喔。音音我覺得是用來嚇阻強盜用的。」

「……會不會……」

燐仰起脖子，看向幾乎位於自己正上方的監視攝影機。

「那其實是用來監視我的攝影機？我的侵入行動難道早就被帝國察覺，並對我設下了自動追蹤的監視器……」

「妳想太多了啦！燐小姐，妳現在很安全，請冷靜一點！」

「可、可是……」

被音音猛搖了好幾下肩膀的燐，驀地露出怯弱的神情說：

「對我來說，還是把它打壞才有辦法放心……」

「妳會因為毀損器物罪而被逮捕啦！」

「這、這樣啊……」

「燐小姐，妳可以表現得更坦蕩一點喔。音音我們都會遵守約定，不會有人出賣妳。來，這是內用的菜單。」

「……這樣啊。」

燐凝視著朝自己遞來菜單的音音。

隨即柔弱地點了點頭。

「也是。我也真是太失態了，雖說背負了重要的使命，但我也因此變得有些神經過敏，應該得表現得更加自然才行。」

「就是這樣！就用觀光的心情來面對吧！」

「嗯。」

看來燐總算放鬆下來了。

不對，就在她完全放鬆下來的前一刻，一道陌生的腳步聲從她的背後響起。

「各位客人，請問是否可以點餐——」

「背後有人接近！」

燐從椅子上彈起身子。

「你就是敵人對吧！」

伊思卡還來不及喊停，燐便使出一記迴旋踢，踹中身後的人影。

隨著「砰咚」的清脆聲響——

燐的腳跟結實地命中服務生的腦袋。

「啊……」

被燐踹中的男性胸口別著「店長」的名牌。

「糟、糟糕！身體不自覺動了起來！」

「妳在搞什麼鬼啦！」

伊思卡連忙出手，托住昏厥倒下的店長。

「音音，趕快幫他急救。」

「好、好的！不過剛才的那一幕應該被其他客人看到了吧……」

「……不，還有救。她的踢擊實在太快了，所以一般人根本看不見，有辦法糊弄過去！」

就在伊思卡這麼一口咬定的同時——

不巧的是，另一名女服務生在這時從餐廳底側走了過來。

「啊——店長你也真是的，怎麼可以坐在客人的椅子上摸魚呢？太狡猾了吧～」

「不、不不，這真的沒什麼事！人、人家只是很久沒和這位熟識的店長見面，所以才會邀他入座聊天……啊、啊哈哈……」

米司蜜絲隊長努力引開女服務生的注意。

而陣則是緊接著將桌上的水一口喝光。

「我的水杯空了，麻煩再來一杯。」

「哦，要加水是嗎？我明白了。店長，要是因為這些小事把工作蹺掉的話，我可是會向老闆打小報告的喔～？」

女服務生笑嘻嘻地邁步離去。

也不知算是幸運還是不幸運，一如伊思卡的預測，在場似乎沒有其他目擊者。

「呼，看來總算——」

「伊思卡，你可別輕忽大意了。」

就在伊思卡要擦拭冷汗之際，始作俑者燐出聲告誡：

「只要我還在帝國的一天，剛才那樣的不幸事件(意外)就肯定會一再發生。我能和你打包票，今後還會鬧出更大的事來。」

「為什麼要對這種莫名其妙的事這麼有自信！」

「給我做好覺悟吧！」

「那種帥氣的臺詞不是用在這種情境的吧！」

伊思卡看了看已經自暴自棄的燐和仍然不省人事的店長，隨即轉過頭和身後的三名隊員面面相覷。

3

用過晚餐後——

深夜時分的旅館十二樓。

走廊上一片寂靜，伊思卡待在深處的休息區啜飲著罐裝咖啡。

「……我們真的抵達帝國了啊。」

他直盯著瞧的，是剛剛才用來購入罐裝咖啡的自動販賣機。

投幣孔只接受帝國硬幣，不接受世界通用紙鈔。這大概是因為機器是國內製造，所以僅限於國內使用的關係吧。擺放在休息區裡的報紙，也全都來自於帝國的報社。刊載其上的新聞盡是和帝國國內有關的消息，這也讓他感到懷念。

若要說有什麼和以往不同之處——

「……這裡果然還是比不上帝都啊。」

透過旅館窗戶俯視的街景，與習以為常的帝都大為不同。瀰漫著先進氣息的帝都高樓叢林，並不存在於這個遠東之地。

凌晨三點。

鎮上陷入一片寧靜。除了在房門口站崗的伊思卡之外，走廊上沒有其他走動的人影。

「…………」

他又喝了一口罐裝咖啡。

如果陣也在場，肯定會冒出一句「真難得」吧。若非與他人一同聚餐的場合，伊思卡不會主動攝取提神劑（咖啡因）。

由此觀之——

他的腦袋和身體就是如此沉重，不得不攝取少量的提神劑。

……我明明已經小睡片刻，也才剛和陣換班而已。

……但睡意居然還是揮之不去。

他很清楚理由為何。

回到自己的母國，讓伊思卡在無意識中放鬆了神經。

恐怕是待在名為涅比利斯的敵國期間所積累的疲憊感，隨著緥緊的神經舒緩下來的同時泉湧而出的關係吧。

「話說回來，陣也難得地沒看書就直接睡了，看來大家都差不多。」

這段漫長的旅程也只剩最後一哩了。

如今，可視的終點線就近在眼前。

他們要將燐帶往目的地，而在達成這個目的後，他們就能正式和皇廳分道揚鑣。

「我一開始還以為會窒礙難行，不過燐也表現得安分多了。」

吃過晚餐後，一行人就再也沒出過事。

大概是因為白天接連大鬧，使她耗盡力氣的關係吧，一抵達旅館，燐就像被帶到陌生家庭的貓兒般乖巧聽話。她現在應當也已經陷入了熟睡才對。

正當伊思卡這麼以為的時候——

伴隨著「喀嚓」一聲，伊思卡眼前的房門被緩緩打開。

「伊思卡……」

「燐？奇怪，妳不是去睡了……唔哇！妳的眼睛好紅！」

只見燐死氣沉沉地將臉探出房門。

她照理說早已就寢，但身上還穿著白天那身套裝。臉龐也呈現筋疲力竭的土色，雙眼亦像是熬夜過似的充血通紅。

「妳該不會沒睡吧？」

「…………」

燐用力點點頭。

「讓我自己住一房真是失策。單獨進入帝國的旅館之後，我就一直承受著被人監控般的沉重壓力，身體因而僵硬得難受……」

「妳也戒備過頭了吧？」

「這裡可是帝國，就算每間客房都裝有竊聽器或針孔攝影機也不奇怪……」

「沒必要擔這個心啦。」

「……所以我才有個想法。」

一臉疲憊的茶髮少女招了招手。

「我就厚著臉皮說了，我有事想找你幫忙……」

「是要幫妳確認客房嗎？像是檢查有沒有可疑的機械之類的？」

「你挺清楚的嘛。」

「因為在那座宅邸裡，我們也經歷過類似的事啊。」

他指的是露家別墅。

在為帝國部隊（己方一行人）準備好的客房裡，他們曾地毯式地搜查過有無裝設攝影機一類的可疑器材，這對伊思卡來說仍然記憶猶新。

……那時希絲蓓爾曾篤定地承諾過「不會裝設那種東西」。

……所以對於燐的心境，我也有些感同身受啊。

「我知道了。這點小事的話沒什麼問題。」

他踏進燐的房間。

大概是因為她過於戒備，所以沒碰過任何一樣東西的緣故吧，房間以客廳為首，各處都整潔得令人驚訝。

「窗簾底側和插座都沒有可疑的機械，牆上也沒有詭異的小孔。喏，就和我說得一樣，是間隨處可見的旅館吧？」

「……我明白了。我就當作客房裡沒被動手腳吧。」

燐按著胸口鬆了口氣。

「這下總算能使用房間的設施了。」

「那真是太好了。我差不多該回去站崗……」

「還沒完。」

「咦？」

「我們是早上六點要離開旅館對吧？如今已經不到三小時了。」

明明已經檢查完畢了啊？

就在伊思卡側首不解的同時，燐打開行李箱取出自己準備的毛巾——那是能將燐的身子包覆起來的大尺寸毛巾。

「我是愛麗絲大人的隨從，身為侍奉王室之人，必須常保身體的清潔。畢竟維持儀態可是很重要的。」

「具體來說要做什麼？」

「……**這裡**。」

燐伸手指向浴室。

也許是伊思卡多心了吧，總覺得燐那張土色的臉頰似乎稍稍泛起紅暈。

「我有事得進去一趟。你懂了吧？」

「……嗯，所以妳應該是要我快點出去吧？」

「唔！」

燐惡狠狠地瞪了過來。

伊思卡自認為這已經是相當紳士的答覆了，然而這似乎不是正確答案。只見少女用力揪住手中的毛巾——

「所以說，那個……哎喲！你為什麼就是不懂啦！」

「什麼意思啊？」

「～～唔！啊啊，真是的！總之，在我洗澡的這段期間，你要在這間房把風！我就是這個意思！」

燐大聲吼道。

「我再怎麼厲害，在洗澡的時候終究還是毫無防備。就算客房裡沒被安裝竊聽器，帝國軍也可能會趁我這個清純的少女入浴的期間破門逮人。」

「這絕對不可能啦！」

「不怕一萬，只怕萬一。總之，在我洗完澡之前，你都得在這裡顧好我的行李和房間。」

「……我姑且確認一下，妳是認真的吧？」

「那還用說，我沒有拿這種事開玩笑的打算。你只要對其他三名隊員保密，別把這件事說出去就好。」

燐抱著毛巾轉過身子。

不過，她隨即像是想起什麼似的，將身子轉回半圈。

「你在這裡待命。要是敢摸浴室的門一下，你這輩子都會被我看成禽獸，記著點。」

「我不會這麼做啦。」

「聞浴室裡飄出來的蒸氣也視為同罪。」

「那是變態才會做的事吧！」

「總之，你給我安分地在這裡待著……我就大發慈悲，把特地從國內帶來的頂級紅茶分你一些。你就隨自己喜好去泡茶來喝吧。」

燐快步走向浴室。

在她離開後，伊思卡便在客廳桌上看到她提及的紅茶茶具。

「……她是看到我在喝罐裝咖啡的樣子了嗎？」

換句話說，這是幫她把風的報酬。

這應該是屬於燐的顧慮；比起喝那種便宜貨，不如喝這個上等貨的意思。

「可是才剛喝完罐裝咖啡，接著又要喝紅茶……啊，不過，我要是沒把茶泡來喝的話，應該又會惹她不高興吧。感覺她會瞪著我說：『這樣啊，原來你嫌我帶來的紅茶難喝，所以沒打算碰是吧？』……」

為了不被捲入無妄之災，就姑且喝個一杯吧。

他打開茶葉包裝袋，將熱水注入客房附設的茶壺裡，等上好一會兒。

砰！

就在這時，某個物品劇烈碰撞的聲響傳了過來。

「……那是什麼聲音？」

那是一聲悶響。如果伊思卡沒聽錯，聲音就是從燐所在的浴室裡傳出的。

「燐？我聽到一聲很大的聲響，怎麼回事？」

沒有回應。

也許是浴室門扉緊閉的關係，也可能是被蓮蓬頭的水聲掩蓋了自己的說話聲。

……那可不是輕輕碰撞的聲響。

……而是有幾十公斤重的物體墜落的聲響。

他被交付了把風的任務。

而就自己（伊思卡）的職責來說，他不能對這樣的聲響坐視不管。

「燐？喂，我說燐！」

他走到脫衣處門扉的前方，試著呼喊燐的名字。

沒有回應。

雖然聽得見門扉後方傳來的蓮蓬頭水聲，本人卻沒有出聲應答。

「喂，燐！……妳真的沒聽見嗎！聽好了，要是妳在五秒鐘內都沒有回應，我就要打開脫衣處的門了！」

五秒鐘如眨眼般一閃而過。

伊思卡用力吞了口口水後，將手搭在脫衣處的門扉。

——進入浴室。

他看向被熱氣和水滴籠罩、變得模糊不清的玻璃另一側。

隱約顯露出來的，是握著蓮蓬頭、就這麼頹坐在牆邊的少女身影。

「燐！……妳沒事吧！」

伊思卡雖然拍著玻璃呼喚，燐依然垂首不語。

失去意識了嗎？

「啊啊，可惡！之後別對我生氣喔！」

伊思卡扯下一條吊掛的浴巾，打開浴室的玻璃門。

「燐！」

在純白蒸氣的包覆下，坐倒在磁磚地板上的燐一動也不動。伊思卡用浴巾裹住燐的裸身，抱起她的身子。

「……唔……」

渾身溼透的少女發出微弱的吐息。

大概是因為太過疲憊，才會在洗澡洗到一半的時候昏厥過去吧。

……是因為來到帝國後一直維持高度緊張的關係嗎？但這才第一天而已啊。

……若要追本溯源，應該是從更久之前開始的吧。

回想起來，燐就是身在皇廳，也總是背負著大大小小的任務。

她不僅是愛麗絲的隨從兼護衛，也從頭參與了雪與太陽的入侵行動，讓伊思卡一行人沒有後顧之憂。

在皇廳保持全神貫注的，並不只有伊思卡一行人而已。

「燐，我要直接把妳搬到客廳嘍。」

伊思卡抱著被浴巾包覆身體的少女，讓她躺在沙發上。

接下來就靜觀其變吧。如果沒有好轉的跡象，要把她送去旅館的醫務室嗎？不對，在燐渾身赤裸的狀態下，說不定會被人察覺她的魔女身分。

「看來還是先把米司蜜絲隊長或音音叫起來吧。雖說我八成會被她們投以奇異眼光……」

「唔、唔……」

茶髮少女有氣無力地睜開雙眼。

「燐！呼，真是太好了，我還以為妳的狀況會變得更糟。」

「…………」

燐以仰躺的姿勢緩緩坐起上身。

她打量著自己被浴巾包裹的身子，然後摸了摸似乎與牆壁碰撞過的後腦勺。

「……我……」

燐從沙發上起身。

她將原本只是稍稍裹住身子的浴巾用力在胸前紮好，然後撢了撢還沾有溼氣的瀏海。

「……這樣啊。」

她一臉嚴肅地點點頭。

「我這次可真是出盡洋相。想不到居然會在洗到一半的時候失去意識。」

「妳有所自覺真是太好了。知道前因後果嗎？我猜妳是因為疲勞過度——」

「別說了，我很清楚狀況為何。」

燐打斷伊思卡的話語開口說：

「就是這麼一回事吧？你因為我去洗澡而獸性大發，趁我一時疏忽便從後方發起偷襲。」

「……啥？」

「然後就是把我搬到了沙發上，打算為所欲為對吧？」

「不、不對，妳等一下！妳是不是有什麼天大的誤會——」

「才沒有什麼誤會！」

溼淋淋的少女用力跺了一下地面。

由於施力過猛，她健康的大腿從浴巾底下稍稍裸露出來，但氣勢洶洶的她對此毫不在乎。

「你認為我是在洗澡洗到一半的時候，因為被熱水淋昏頭而昏厥過去？……這種丟人的事實哪有可能存在！」

「妳這不是很明白嗎！」

「……唔，我這臉真是丟大了。」

啪答──

燐任由水珠從髮梢滴落，同時咬緊牙根。

「我的裸體明明就只被父親大人看過……卻偏偏被身為帝國人的你……而且還從頭到腳看了個遍……」

「我、我就說那時是緊急狀況了！」

「這我當然明白，我沒打算責備你。」

燐咬緊牙關。

她用力掐住被浴巾遮住的胸口。

「不過，伊思卡。我得澄清一件重要的事。」

「什、什麼事……」

「別以為你看到的就是我的一切。雖說被希絲蓓爾大人超越一事令我感到扼腕，但我總有一天會追上希絲蓓爾大人的尺寸！」

「妳在說什麼東西啊！」

「我不會永遠都是一望無際的大平原。有朝一日，我必會追上愛麗絲大人的尺寸，最後成長為伊莉蒂雅大人那樣的豐滿身材！」

「……我可以回去了吧？」

「啊，喂，你別跑啊！聽好了，你絕對不能把我胸部的事情說出——」

裹著一條浴巾的燐步步進逼。

看見少女展現出前所未有的淒厲神情，伊思卡連忙奪門而出。

＝＝

幾個小時過後——

在抵達帝國第二天的清晨——

「等等，伊思卡。我在這鎮上還有事要辦。」

「嗯？」

「跟我來。」

在踏出旅館後過沒多久。

伊思卡正要走向停車場，被打著手勢的燐叫住。

「有事要辦？」

「往這裡走，跟上。」

燐朝著鬧區的方向走去。

那與旅館停車場所在的方位呈反方向。

「大家已經在停車場等我們了，不是應該以營救希絲蓓爾為第一要務嗎？」

「只會花幾分鐘時間而已。」

燐瀟灑地在主街道上邁步。

和昨天藏身在米司蜜絲隊長身後的情形相比，她似乎已經冷靜了許多，與伊思卡並肩而行的步伐也帶著些許輕盈。

「話說回來，燐。雖然問這個有點晚了，不過妳換回原本的服裝啦？」

「穿套裝動起來不太靈活，還是穿這身服裝比較習慣。」

她換上隨從穿著的女傭服。

只不過看在伊思卡的眼裡，燐的這套女傭服和之前的看起來有些許不同。一言以蔽之，這套女傭服設計得更為簡潔洗鍊、更適合讓人活動。

「這是我在觀察過帝國後所做出的判斷，主要的著眼點在於著衣的風氣。」

「著衣的風氣？」

「我期使穿上女傭服也不會引行人側目，頂多就是覺得有個咖啡廳的女侍走在街上吧？」

原來如此。

這肯定是昨晚在咖啡廳吃晚餐時得來的靈感。

……她那時候明明表現得緊張萬分。

……卻還是將帝國城鎮的偵察重點盡收眼底。

該說真不愧是燐嗎？她果然有兩把刷子。

話雖如此，身為遭受觀察的帝國人，伊思卡的內心還感到五味雜陳。

「不只是我而已，愛麗絲大人也換了一身新衣。」

「愛麗絲嗎？」

這隨口提及的一句話，讓伊思卡不由自主停下腳步回問：

「妳說愛麗絲換了新衣？是指她換了一套新王袍嗎？」

「……糟糕。」

燐作勢掩住嘴巴。

這舉動想必是在表示自己不小心說溜嘴吧。不過既然已經被伊思卡聽見了，會勾起他的好奇心也是理所當然的。

「我先說好，這件事你可得保密，連你的三名同僚都不能說。」

「我當然會保密啦。雖然不會說出去啦……」

但還是忍不住感到在意。

愛麗絲莉潔・露・涅比利斯九世所穿的那套白色王袍，應當是為了愛麗絲的身分地位而量身訂做的。

如今卻要換上新的衣服？

愛麗絲究竟遇到了什麼樣的狀況？

「感到很在意嗎？但我是不會說的。這件事和愛麗絲大人與王室有關，我不能將內情洩漏給帝國士兵。」

「這我知道，我也沒打算深入追問。」

就燐的立場來說，她大可隨口帶過這個話題。

但她坦率地說出「不能透露內情給你」，其實已是對一介帝國士兵所能做的最大讓步。

因此，自己也能由此稍做推論。

……對於帝國軍來說，只有在軍銜高升的時候，才有更換新裝的必要。

……可是愛麗絲還能升階嗎？在公主之上還能有什麼職銜？

他能想到的就只有女王，但愛麗絲不可能成為女王。

還是說，她是基於其他的理由才會更換新裝？

「唔嗯——」

「呵呵，你似乎絞盡腦汁在思考呢。」

「……也沒有啦，我想不出個所以然。不過，我想問妳另一件事，我們到底要去哪裡？」

他們已經深入到鬧區的中心地帶。

旅館已經被遠遠拋在後方，要是再繼續走下去，就會離陣、音音和米司蜜絲隊長所等候的停車場更遠。

「到這邊就行了。」

燐在主街道的正中央停下腳步。

這一帶自然也有為數眾多的人行道。而堂而皇之站在人行道上的燐，從包包裡掏出一臺看似高級的數位相機。

「我想想喔，就先從那棟看起來格外顯眼的大樓開始吧。」

她按下快門。

只見燐將鄰近旅館的鬧區街景大拍特拍了一番。

「這是紀念照。畢竟我的身分是個觀光客。」

「……喔喔，是這麼回事啊。」

這句話確實很有密探的風格。

舉例來說，在被警備隊叫住的時候，若要用觀光客的名義掩飾自己的真實身分，出示拍下的幾張帝國觀光照才顯得自然許多。

「……就我的立場來說，看妳光明正大地從事間諜活動的感覺還是挺複雜的。」

「只要不是機密資訊就沒關係吧？我拍攝的照片和帝國觀光手冊刊載的照片差不多。」

「話是這樣說沒錯……」

「呼，你這人可真囉嗦。既然如此，就改拍其他照片吧。」

燐嘆了一口氣。

沒想到她突然搭起伊思卡的肩膀靠上來，還將鏡頭對準兩人——

「咦咦！」

「你別亂動，鏡頭會沒辦法對焦。」

自己和燐的自拍照。

這是以觀光都市的主街道為背景，只拍攝了一男一女的自拍照。由於伊思卡稍微動了一下身子，因此照片拍出來略顯模糊。

「……我雖然也覺得這麼說有點奇怪，但這張照片似乎會引人誤會啊。」

「這是很重要的照片。」

燐依舊一臉嚴肅地說。

她迅速確認起剛剛拍下的自拍照。

「潛入帝國的我平安無事，而你也遵守承諾與我同行——光是這一張照片，就能同時證明這兩件事。」

「妳要把這張照片傳給愛麗絲嗎？」

「那還用說。」

燐聳了聳肩說道：

「愛麗絲大人如今肯定操透了心，畢竟她最愛的隨從可是被迫在敵國境內孤軍奮戰呢。」

「……有孤軍奮戰嗎？我們也幫了妳不少忙吧？」

「在通過帝國的國境關卡時與三臺戰車共演的那場飛車追逐戰，可真是危機四伏啊。」

「妳加油添醋得也太誇張了吧！」

「這還在誤差的範圍內啦。」

燐俐落地操作數位相機。

她按照某種複雜的順序，接連按下市售相機所沒有的小型按鈕。

「很好，這下就傳輸成功了。還有，你大可放心，我傳送過去的就只有我們的自拍照，帝國的機密完全沒有洩漏出去。」

「是有我入鏡的那張嗎？總覺得讓愛麗絲看到有些怪怪的……」

「啥？你在說什麼傻話，重要的是我的臉。」

她將相機收回包包。

燐達成目的，一臉滿足地抬頭望天。

「看到我平安無事，愛麗絲大人肯定會喜出望外吧。」

＝＝

涅比利斯王宮星之塔——

在公主的私人房間裡——

「……總覺得他們好像很開心的樣子。」

愛麗絲在桌上拄著臉頰，以不太開心的表情嘟噥。

她手邊擱著一臺小型螢幕，螢幕上顯現著愛麗絲沒見過的街景，而這似乎是燐以相機拍下的帝國城鎮光景。

這件事本身沒什麼問題。

燐平安無事的消息固然讓她感到開心，而追蹤希絲蓓爾的行動順利進行的報告，確實也讓愛麗絲的內心受到鼓舞。不過——

「……嗯——」

愛麗絲瞪著燐和伊思卡的自拍照。

「燐，妳和伊思卡的距離**會不會太近了**？」

照片還有好幾張。包括燐與伊思卡並肩同行的照片，以及燐在咖啡廳裡近距離拍攝伊思卡用餐的照片。

這是為了不讓人察覺是密探的偽裝行動吧。

這點她明白。

她自己也清楚理解這是有必要的行為。不過——

「真是的！燐，我不是說過很多次嗎！伊思卡是本小姐的東西啦……」

她的內心莫名焦躁起來。

在自己這樣的勁敵不在的期間得知伊思卡和其他異性有所接觸，她自然會感到在意。

……不過對方可是燐呀。

……而且事關重大，我相信她不會變得像希絲蓓爾那樣才是。

她過去也感受過類似的心情。

那是妹妹（希絲蓓爾）牽著伊思卡手的時候。

當時的妹妹是真心打算奪走伊思卡，而愛麗絲也因而對她萌生了殺意；與之相較，燐的舉止都還在忍受的範圍。

「可是呀，燐。妳不能再更接近伊思卡了，本小姐可不允許喔。」

愛麗絲對著小型螢幕搖了搖頭。

這句話當然傳不到燐的耳裡。不過——

「就算妳沒那個意圖也一樣。在名為帝國的遙遠異地與伊思卡獨處，這種事實在是……」

愛麗絲的腦海裡浮現某種光景——

『我不會讓妳孤身一人，一定會陪伴在妳身邊。』

『帝國劍士……不……伊思卡，你真的願意接受我這樣的女人嗎……』

一邊是身在帝國，不安且心慌的燐。

另一邊則是扶持著她的伊思卡。燐起初雖然對他的溫柔百般抗拒，最後仍然敞開心房，拉近兩人的距離。

「然後兩人……說不定會萌生超越了敵對關係的禁忌之情……不，肯定會如此！」

兩人最後終於下定決心——

為愛私奔。

「再見了，愛麗絲。」、「永別了，愛麗絲大人。」——留下這些話後，兩人便會為了構築屬於自己的愛巢，奔向不屬於帝國和皇廳的遙遠之地。

「這樣做太不得體了吧！」

愛麗絲將小型螢幕隨手一扔，猛力搔弄自己的頭髮。

「皇廳之民豈能和帝國人陷入情網！本小姐絕不容許！」

該不會——

在照片沒拍到的地方，兩人的關係已經進展到會做些**更為刺激**的事了？也就是說，他們兩人已經踏入成人的世界……

「要、要是他們……做了接吻之類的事……啊、啊啊啊啊！不行不行不行！不能放任這種事發生！我得告訴燐，要她不能做出更加不知羞恥的——」

「妳要對誰下什麼禁令？」

「呀啊！」

聽到背後傳來的聲音，愛麗絲不由得彈起身子。

她戰戰兢兢地轉過身子，只見身穿睡衣的女王就站在眼前。

「愛麗絲，入夜後就不該大吵大鬧。要是被走廊上的士兵們聽到，該成何體統？」

「是、是女兒失禮了，母親大人！」

她慌慌張張地將手邊的螢幕藏在身後。

……好險、好險。母親大人應該不認識伊思卡才對。

……要是被她詢問「螢幕裡的男生是誰」，那可就麻煩了。

雖說女王正吹著頭髮，並用梳子梳理頭髮，但她十分鐘前才走進位於客廳另一側的浴室。看來她已經入浴完畢了。

之所以洗得這麼快，該不會是因為沒好好泡澡的緣故吧？

「母親大人，您已經盥洗完畢了呢。」

「這是我從以前養成的習慣。浴室不僅狹隘而封閉，也會被蒸氣遮蔽視線，況且還是處於沒有武裝的孤立狀態。要是遭遇襲擊，會難以應付。」

「母親大人，您身邊有女兒陪伴呀。」

「這我當然知道。」

剛洗完澡、臉頰通紅的女王微微一笑。

「但我身為母親，實在不想給女兒太大的負擔。畢竟我每晚都得來愛麗絲的房間打擾。」

「請您別放在心上。晚上有母親大人陪伴，女兒也會比較放心。」

我們暫且一起睡吧——

這是愛麗絲昨晚向女王提議的護衛方案。

……母親大人傷勢未癒。

……而燐也不在我身邊，所以晚上還是待在一起比較妥當。

而兩人的星靈也能夠互相配合。

愛麗絲的「冰」雖然能擋下子彈和爆炸，對於催淚瓦斯或是煙霧類的「空氣汙染」卻無法用冰牆抵禦。

但若是女王的「風」，就能輕易吹散這類髒空氣。

「母親大人，您要喝些飲料嗎？」

「不，我就不喝了。明天還得早起，我就先借妳的床鋪一用了。」

「好的。女兒喝杯牛奶便就寢。」

女王前往寢室——

甩著與自己相似的金髮離去。在目送母親的背影後，愛麗絲這才放心地按住胸口。看來藏在身後的小型螢幕並未被察覺。

「……呼。真是千鈞一髮。」

愛麗絲打開客廳的衣櫃，將小型螢幕塞在角落。

這是她已經用了好幾年的「藏物處」。

知道這個位置的就只有愛麗絲和燐而已。順帶一提，燐有東西想藏起來時，也習慣將東西收進屬於自己的祕密角落。

那是連燐也極少踏入、就算走進去也不會待太久的地方。

而那個地方其實是——

「哎呀？這是什麼？」

女王的說話聲從寢室傳來。

「愛麗絲，這是什麼？」

「母親大人，發生什麼事了？」

「沒事，我看到枕頭有些歪斜，所以稍微整理一下，然後在枕頭底下找到了這個。」

女王坐在寢室床邊，手裡拿著一臺攜帶型的螢幕裝置。那與愛麗絲偷藏在客廳裡的是不同的螢幕。

「……糟！」

糟糕了。

愛麗絲慌慌張張地將險些脫口而出的話吞回去。

不妙。那臺螢幕裝置存有一段禁忌的影片。不僅不能讓外人知曉，更是絕對不能讓女王看見裡頭的內容。

「母、母親大人，那是——！」

「唔嗯……我對這個有點印象呢。」

母親拿起螢幕裝置，疑惑地歪著脖子。

「啊，這是儲存祕密藏身處監視攝影機影像的機器嘛。愛麗絲，原來在妳這邊呀。」

「不、不……那個……其實……這個有點…………」

「？」

「母親大人！」

愛麗絲下定決心地大聲喊道：

「女、女兒想使用那個螢幕裝置！呃……所以請您把它還——」

她慢了一步。

在愛麗絲伸手之前，女王已經按下螢幕裝置的按鈕，開啟了影片檔。

出現在螢幕上的是一男一女。

其中一人是燐，而另一人是伊思卡——但看在女王眼裡，那應該只是個陌生的少年吧。這是愛麗絲最近每晚都會拿出來重溫的影像，而要說有什麼問題的話——

「那、那個……我才剛淋浴完……」

「你、你你你都讓我看了什麼呀！我、我可是……年僅十七歲的少女呀！你這暴露狂！」

那是大約在一週前，於露家的祕密藏身處所拍攝的影片。

對於凝視著螢幕的女王來說，黑髮少年一絲不掛的裸體，肯定已經深深烙印在她的眼底。

他的身材雖然纖細，卻鍛鍊得極為結實。

溼透的黑髮讓水珠從髮梢垂落，而水滴滑過他脖頸的光景，則是呈現出一股詭譎而嬌媚的成熟魅力。

「這、這是！」

女王發出驚呼。

她凝視著突然浮現的惹火影像說：

「愛麗絲，妳居然將如此清晰的男性裸體影片收藏在枕頭底下……這到底是怎麼回事！」

女王的臉頰微微泛紅。

——難道我女兒……

——偷拍了異性赤裸著身子的影片嗎？

愛麗絲被母親以這種目光直視，感受到了前所未有的衝擊。

「您、您誤會了！母親大人，請聽女兒說……呃……對了，是這樣的。這是那個……珍貴的敵方資料。女兒為了知己知彼——」

「這位少年的年紀比妳小吧？」

「那不是重點啦！」

愛麗絲的制止成了耳邊風。

女王的雙眼已經牢牢地釘在影片上。

「居然讓如此年幼的少年赤身露體……不對。我不得不承認這個年紀的少年確實就像含苞待放的花朵，帶著一股唯美而浪漫的誘惑。」

「……什麼？」

「被太陽曬得黝黑的肌膚，確實就是少年揮灑著青春的象徵，而浮現於脖頸一帶的胸鎖乳突肌也相當美麗。但最為美妙的當屬這頭溼潤的黑髮——頭髮雖然緊貼後頸，髮梢卻微微翹起，這只能用神聖二字來形容……」

「……那個，母親大人？」

「然而！」

女王勢不可當地抬起臉龐。

她夾帶著連女兒（愛麗絲）都為之畏縮的氣勢轉頭看來。

「然而！愛麗絲！身為公主之人，豈能不懂得按捺？妳竟然讓如此純樸的少年遭受這般難以見人的恥辱！況且我身為母親，更希望妳能明白成年男子的美妙之處！」

「母親大人！我說過了，這絕非不知羞恥的行為！」

愛麗絲滿臉通紅地出言辯駁：

「這是在偵察敵情。女兒每天晚上都會觀看這部影片，好讓自己能更加明白他的裸……不對，是他的各項情報。女兒是為了精益求精——」

「每天晚上！」

「不需要特別強調這一點吧！」

一切為時已晚。

對不認識這名黑髮少年的女王來說，她只會認為這是女兒每晚都會私下觀看的不良影片。

「我要沒收此物。」

「不可以呀啊啊啊啊！」

「啊……等等，愛麗絲？快點，還不快把手拿開！」

眼見女王要帶走螢幕裝置，理智斷線的愛麗絲不由得出手阻止。

Intermission 「這個世界的中心」

帝國是誰握有最高權限的權力？

若是帝國國民和其他國家被這麼一問，想必會很有默契地回答「帝國議會」吧。

他們是從帝國全土網羅而來的有權有勢之人、高知識分子和大富翁——這寥寥數百人的議員，能夠決定帝國的一切事務。

然而……

帝國議員們都明白有一條絕對必須遵守的不成文規定。

——不要忤逆八大使徒。

他們乃是統御議會的首腦級特權人士。

即使是帝國國民和其他國家，也普遍不曉得這八人才是帝國的首腦。畢竟八大使徒的存在本身就是機密訊息。

知曉他們存在的，只有帝國議員和帝國軍士兵而已。

因此，八大使徒握有最高權限的權力——

「但其實**根本不是這麼一回事**呀。」

叩……叩……

她的鞋跟踩出乾澀的聲響，像是在配合她自言自語的節奏似的。

「該說教人困惑還是教人傻眼？無論是帝國國民、國外的大人物還是帝國議會，全都沒有一個人保有明理。不對，應該只是忘記了吧？」

走在通道上的，是與知性的黑框眼鏡相當匹配的高挑女軍人。

璃灑‧英‧恩派亞——

她是以二十二歲的年紀爬上帝國軍最強戰力「使徒聖」第五席的才女。

「誰最偉大的這個問題，大家應該都心知肚明才對吧？」

潛藏在眼鏡底下——

她睜大雙眼走在漆成紅色的通道上。

「世界的頂點除了天帝大人之外再無別人。」

天帝詠梅倫根——

是這個帝國的象徵，同時也是璃灑唯一侍奉的主人。

這位「天帝」才是真正的頂點。

只不過，天帝總是以逸待勞。

他隱居在被稱為天守府的「無窗大廈」，不主動行使權力。因此人們經常會忘記誰才握有最高權限的權力。

「還真是一群悠哉的傢伙呢。要不是天帝大人威逼八大使徒一番，帝國早就和皇廳爆發全面戰爭了。」

她穿過被玻璃包覆的走廊。

這裡是四重高塔的最頂層──「非想非非想天」。在踏入這一層的瞬間，一股刺鼻的青草味便竄入璃灑的鼻腔。

「天帝閣下。」

『──────』

在從天花板吊掛而下的簾幕後方──

天帝的影子像是被燭火映照一般，緩緩地搖曳著。

「咱有個提案，是否該將這片名為『榻榻米』的地板全數換成木質地板呢？這種地板的草味太重，咱的鼻子都要被薰歪了。」

『可以呀。不過工程預算要從妳的薪水裡面扣。』

簾幕「唰」的一聲被左右拉開，站在後方的是——

一頭正在咯咯嬌笑的銀色野獸。

他全身上下長著宛如狐狸般的毛皮。

然而臉孔若要比喻……大概就像由貓兒和人類少女混合而成的模樣吧。

他有著幼貓般的一對大眼，以及乍看之下有些討喜的相貌。就連從嘴角露出的虎牙，也給人可愛的感覺。

這頭野獸蹺腳坐在椅子上，正拄著自己的臉頰。

——獸人。

那是只會出現在童話故事裡的生物。

『璃灑，妳回來得可真快。』

「那是當然。要是咱遲到的話，閣下不是會生悶氣嗎？還會說什麼『無聊指數上升了』之類的話語。」

『嗯？梅倫的胸襟沒那麼狹隘喲。』

天帝詠梅倫跟以愉悅的口吻說。

『所以說，妳來有什麼事？』

「是關於天帝閣下感到在意的那件事。」

『是什麼事來著？』

「黑鋼後繼似乎回來了喔。喏，就是前些日子離開帝國的第九〇七部隊一行人。好啦，他們上哪兒去了呢……」

璃灑攤開一張便條。

她瞥了一眼印在上頭的地圖，然後繼續說道：

「喔，好像到了遠東阿爾托利亞轄區呢。他們在抵達國境關卡的時候，曾出示帝國軍方身分證，所以咱才能從海關的紀錄中得知他們的行蹤。」

離帝都還有好一段距離。

就算循最短路程折返，也得花上好幾天的時間。

『……這可頭痛了。』

坐在椅子上的銀色獸人看似無奈地嘆了口氣。

『那對星劍可是非常重要的東西，要是被他隨意帶著亂跑，梅倫可是會很傷腦筋的呀。克洛沒教他這件事嗎？』

「克洛……喔，您是指他嗎？這也是個讓人懷念的名字呢。」

克洛斯威爾・尼斯・里布葛特。

他是過去的使徒聖之首，也曾以天帝心腹的身分活躍過一段時期。

「咱確實聽說過那個人是伊思卡的師父，但也不曉得現在雲遊到哪裡去了，畢竟他就是個四處漂泊的浪子呀。」

『梅倫沒興趣，隨他愛做什麼都行。』

銀色獸人打了個大大的呵欠。

可以窺見他口腔裡成排的尖銳利牙與人類大為不同。

『璃灑，把黑鋼後繼叫到這裡來。』

「哦？您的意思是……」

『時候到了。梅倫要代替那個不負責任的老師，從頭告訴他關於星劍的祕密。』

「終於到了這時候嗎？」

璃灑瞇細鏡片底下的雙眼。

——星劍。

過去被稱為星之民的人們所打造的「器皿」，究竟是為何而誕生？

伊思卡這名少年還不曉得真相為何。

頂多只知道那是「師父交付給他的神祕對劍」吧。

「八大使徒應該會很慌張吧。」

『這也是算計的一環喔。梅倫有所動作，那些傢伙說不定也會露出破綻……呼啊。』

他再次打了個大呵欠。

『啊～醒來到現在已經過了兩小時，梅倫要睡了。』

「是是是。那等第九〇七部隊回到帝都後，咱再來叫您起床。不過依我看，他們應該還會在遠東阿爾托利亞轄區待上一陣子吧。」

『……璃灑，妳剛剛說了什麼？』

「咦？」

背過身子的璃灑在聽到天帝的話語後轉過身子。

而他就近在眼前——

是什麼時候移動的？

應當坐在臺座椅子上的銀色獸人如今出現在榻榻米上，還像隻貓兒般捲起身子仰望璃灑。

『遠東阿爾托利亞？妳剛才提到了阿爾托利亞對吧？』

「是的。咱剛才確實是——啊！」

璃灑手裡的便條被天帝一把奪去。

他的動作極為敏捷而俐落，就像撲向獵物的狐狸或貓兒。

『……阿爾托利亞。』

「閣下，您怎麼啦？就算不看這種簡陋的地圖，您也把地理位置都記在腦海裡了吧？」

『梅倫改變心意了。』

天帝詠梅倫根輕笑一聲。

宛如人類般分化出來的手一把將便條紙揉成一團。

『那是梅倫有印象的名字。璃灑，馬上做好準備。』

「準備是指？」

『梅倫和妳要出門了。』

「啥！閣下，請等一下！咱接下來還得和司令部指揮官開場重要的會議，而且還得為下一場記者會做準備耶！」

『唉呀？「世界的頂點除了天帝閣下之外再無別人」——亦即梅倫所說的話便是絕對的命令。璃灑，這麼說的人不就是妳嗎？』

「……原來您都聽見啦？」

璃灑被獸人拉著手，只能苦著一張臉點點頭。

這位大人就是如此隨性。

Chapter.4 「設下封禁之物與被遺忘的名字」

1

遠東阿爾托利亞轄區——

這處位於帝國東端的轄區，其核心地帶為阿爾托利亞市——

「這裡就是工業區嗎？」

「就和妳看到的一樣吧？」

燐透過大型廂型車的車窗眺望遠處喃喃自語，而回應她這段話的則是陣。

「這種窮鄉僻壤的土地要多少有多少。國境附近的土地都劃為酪農區利用，這一帶似乎劃成了工業區。至於加工所需的鐵礦，則從帝國境內開採。」

「……是軍需產業對吧？」

「鄉下哪會搞那種高科技產業啊，頂多就是造車或飛機吧。」

在廣大的綠色平原中，零星座落著巨大的製造工廠。經過清淨處理的淡淡白煙，從煙囪上頭裊裊升起。

「欸，阿伊？」

米司蜜絲隊長將上半身探出車窗。

「人家還沒找到希絲蓓爾小姐可能被關押的地點耶。」

「……畢竟看似可疑的場所並不是隨處都有啊。」

工廠如山脈般連綿不絕。

雖說以藏匿一個人類來說，眼前的建築物都相當寬廣；然而正如陣所言，這些製造汽車和飛機的工廠全都是私人土地。

……在工廠工作的一般員工要是瞧見希絲蓓爾，可是會鬧出大事。

……他們只會挑選和休朵拉家有合作的設施藏匿希絲蓓爾。

所以燐才會感到可疑。

比起把希絲蓓爾帶到這種工廠地帶，還不如將她囚禁在人口頻繁出入的便宜旅館或是出租倉庫來得輕鬆。

為什麼要將她帶到這種地方？

「也罷，總之就朝著信號的發訊處前進吧。有什麼狀況等之後再說。」

燐的手裡握著太陽造型的裝飾品（耳環）。

眾人正是因為相信藏在裡面的晶片資訊——「關押希絲蓓爾地點」的訊號——才會來到這裡，如今已經無法回頭。

「發訊處的座標離這裡不遠。帝國劍士，你有看到什麼可疑的東西嗎？」

「一個也沒有。」

伊思卡也留神觀察著周遭。

但就像燐所質疑的那般，無論向前開了多少路，能看到的都只有廣闊的平原和零星的工廠建築罷了。

「都是些沒什麼看頭的景象啊。」

「給我認真點看。憑你的本事，要用肉眼看透普通的水泥牆也輕而易舉吧？」

「妳又在強人所難了……」

「如果希絲蓓爾大人的氣味隨風飄來，你也可以聞一聞便得以展開追蹤。」

「妳到底把我當成什麼了！」

伊思卡無奈地攤開地圖。

「妳說要找可疑的建築物……但這一帶要是真的有看似詭異的建築物，也會先被附近的居民投以狐疑的目光吧？」

「伊思卡哥。」

坐在駕駛座上的音音指向前方。

「那邊就是座標所標示的地點喔。」

那是一處被水泥外牆包覆、看似工廠的建築物。但由於距離該處還有一段距離，因此看不清全貌。

「音音小妹，能沿著外牆繞一圈嗎？」

「交給音音我吧。要是速度放得太慢，可是會惹人懷疑，所以我會保持這個速度行駛喔。」

車子開往疑似訊號來源的工廠。

隨著車輛駛近，眼前的光景也逐漸清晰起來。

「喂喂喂，這是怎樣啊……」

陣探出身子。

「這不是什麼工廠，根本只是一座廢墟吧？」

略顯骯髒的外牆，被長年的風吹雨打侵蝕得千瘡百孔。

生長在周遭的雜草甚至比伊思卡還高，茂密的長草形成密林般的景象，而腹地裡則是完全沒有讓人踏足的空地。

即使是看似工廠的建築物，其水泥製成的外牆也滿是斑駁。

玻璃窗全數碎裂，建築物內部漆黑一片。

而這裡似乎也不再供應自來水和電力，使得工廠本身的機能徹底停擺，完全成為陣口中所謂的廢墟。

「……感覺是個有幽靈會出沒的地方。」

「……隊長，與其說是幽靈，不如說是被老鼠一類的生物盤踞的地方喔。感覺天花板會黏滿蜘蛛網呢……唔哇，音音我最怕這種東西了……」

米司蜜絲隊長和音音從車內仰望工廠。

完全沒有人煙。

若是將希絲蓓爾關押在這裡，確實不會被任何人察覺到。

然而——

她真的在這裡嗎？

……如果他們已經把希絲蓓爾監禁起來，應該會設置把守的士兵和監視攝影機才是。

……看起來完全沒有這一類的陣仗啊。

是刻意裁撤看守，令這裡完全呈現廢墟的風貌，以瞞過追蹤方的眼睛？

但對於休朵拉家來說，這種策略無異於孤注一擲。實在難以想像他們會捨不得分出人手看管希絲蓓爾這個極為重要的人質。

難道撲空了嗎？

就在伊思卡煩惱著該不該說出口的這一瞬間——

「在這裡想破頭也沒用。」

一直沉默不語的燐，在這時突然打開車門。

而車子依然以高速疾駛著。

「那個叫音音的，把車子停下。既然沒人在監視，那把車子停在外牆旁邊也沒問題吧？」

「哇哇！燐、燐小姐請等一下，我會停車的，妳別急啦！」

大型廂型車連忙煞車。

與此同時，燐朝著車外就是一跳。

她透過水泥外牆崩裂的大洞，凝神打量著廢棄工廠。

「看起來也沒有架設監視攝影機的樣子。雖說若是裝了攝影機，反而坐實了猜測，但這下只能走進這棟建築物確認了……話說回來，隊長。」

「嗯、嗯？」

燐對著同樣仰望廢棄工廠的米司蜜絲隊長聳了聳肩。

「這種情況下該怎麼做？」

「……妳的意思是？」

「我和第九〇七部隊（你們）之間的契約，是『將我帶到希絲蓓爾大人的所在處』。雖說之後我們就是井水不犯河水的關係，但如妳所見，目前還無法證明希絲蓓爾大人身在此處。」

「……啊，的確是這樣呢。」

米司蜜絲隊長交抱雙臂。

她仰望半空，作勢思考了一會兒後——

「妳是要咱們也一起加入搜索工廠的行列嗎？嗯、嗯……這有點……」

「這是附加的談判，我也會拿出你們應得的報酬。」

燐從放在車內的手提包裡取出膚色貼紙。

在通過帝國的國境關卡時，燐曾經給過米司蜜絲隊長一張。而她似乎事先準備好了要分給米司蜜絲隊長的份，合計取出了五張貼紙。

她伸出手，將這些貼紙推向米司蜜絲隊長的胸口。

「我把我帶來的份分妳一些。妳現在帶在身上的備用貼紙應該都是希絲蓓爾大人給的，但就如我昨天說的，她的貼紙與妳的膚色不合。」

「唔……！」

「我認為這是個還不錯的條件。」

「隊長！伊思卡哥、陣哥，這邊、這邊！」

在離兩人略遠處——

原本沿著外牆行走的音音對他們招了招手。

「音音我對這棟建築物有點興趣，可以讓我去探索一個小時嗎？」

「音音小妹？怎麼這麼突然……！」

「看這個。」

水泥牆圍繞著巨大的腹地。

而音音伸手指的，是看似正面入口的雙開式大門。大門側邊鑲著金屬製作的招牌，而上頭所顯示的文字是──

國立星靈研究所「奧門」　阿爾托利亞分部

「咦？是指這裡嗎？」

伊思卡看著招牌上的文字，不禁懷疑起自己的眼睛。

──單一集聚智能體「奧門」。

在將研究星靈視為禁忌的帝國裡，奧門是唯一獲准公然研究的機構。而招牌上刻有這樣的名字就表示──

「原來這裡不是工廠，而是研究所啊……」

奧門的設施對帝國來說是相當重要的機密。

非相關人士不得入館。就算是身為帝國士兵的伊思卡，也沒辦法踏入與奧門有關的設施。

「……嗯——是這樣沒錯啦……」

音音有些支吾其詞。

她來回比對生鏽的招牌，以及無異於廢墟的荒涼設施。

「音音我有點在意呢。隊長，我進去探索一下下喔！」

「咦？等、等等，音音小妹！擅闖奧門腹地可是會出事耶！而且大門也是關著的！」

「從這裡進去喔。」

音音指向外牆。

經過長年風雨的侵蝕，水泥牆已經毀朽得相當厲害，到處都有坍塌的跡象；其中也包括能讓伊思卡和陣鑽過的大洞。

「嘿咻……嗯，看來勉強能過去呢。燐小姐應該也沒問題，伊思卡哥和陣哥都很瘦，所以也不要緊才是。大概只有隊長的胸部和屁股可能會被卡住吧。」

「妳那是什麼意思啦，音音小妹！」

「走了，隊長。後面已經在排隊嘍。」

「別、別推我啦，阿陣！」

在音音鑽過外牆後，隊長、陣和燐也依序鑽過大洞。

「伊思卡哥也來吧！」

「我馬上就過去啦。」

伊思卡再次環顧四周。

大型廂型車停在外牆的陰影處。偶爾駛過車道的車輛，也沒有朝這裡接近的意思。在確認過這些情形後，伊思卡也跟著跳進大洞之中。

——在外牆的另一側。

國立星靈研究所「奧門」。

伊思卡造訪的此處，是一座比遠處眺望時還要來得寧靜的廢墟。

地面長滿了野草。

停車場裡停了一臺已然廢棄的車子，和塌軟下來的輪胎一同被擱置於此。位於停車場角落的垃圾回收場，則堆滿了用途不明的各式機械。

「唔噫噫……總覺得真的有點嚇人耶。好荒涼的感覺……」

「隊長，主要的研究所也很厲害喔。」

這是一棟三層樓高的研究所。

即使從遠處觀看，也能看出外側的玻璃窗已經悉數碎裂；而來到近處後，水泥牆上的放射狀裂痕更是直接收進眼底。

牆面爬滿了苔蘚和不知名的黑色昆蟲，給人噁心的印象。

「嗯——……」

但有一名少女正目光炯炯地仰望這一幕。

「音音小妹，妳發現什麼了嗎？」

「什麼都沒發現喔。」

音音搖搖頭，使得紅髮馬尾左右甩動。

「只是覺得什麼都沒有這點很不可思議。」

「咦？」

「**星靈能量的檢測器**。」

叩！

音音用拳頭敲了一下水泥牆。

「如果這裡是星靈研究所，應該會避免星靈能量洩漏到外頭對吧？所以建築物的外側和外牆的內側應當都會架設檢測器才對。但這裡卻是一臺也看不到，讓音音我覺得很奇怪呢。」

「可是音音小妹，那也有可能是在關閉設施的時候一併帶走的吧？」

「我也這麼想過啦。」

音音伸手指向停車場和垃圾回收場。

「可是車子和機器也都被棄置在這裡不是嗎？所以音音我不覺得他們會只把檢測器拆下來帶走耶。」

「啊……這樣啊。」

「還有，燐小姐。音音我可以問個問題嗎？」

音音接著指向建築物的外牆。

「所謂的星靈研究所，都存在著從地底抽取星靈能量的管線對吧？我是指加裝了特殊過濾器的那種。」

「唔！為什麼妳會知道……！」

「因為我在雪與太陽看過呀。」

「…………」

在米司蜜絲隊長安靜下來後，燐也跟著閉口不語。

「根據我的推測，從地底汲取的星靈能量，應該會在室外先做第一次處理對吧？他們會揀選用來研究的星靈能量，並送進研究所中。所以我才認為星靈研究所的牆上，應該也會有相同款式的管線才對。」

「……妳說得沒錯。」

燐難得露出苦笑。

「從星脈噴泉湧出的星靈能量並非只有單一種類，為了分門別類，必須經過一番處理……我雖然不能洩漏得太多，但我現在其實也抱持著相同的疑問。」

「果然很奇怪嗎？」

「嗯。我知道這樣說很失禮，但看來我一直太過小瞧音音了。想不到妳居然將雪與太陽觀察得如此細微……」

燐交抱雙臂，轉頭看向米司蜜絲隊長。

「就是這麼一回事，隊長。」

「是！咦、咦咦，那個……啊，我明白的，沒事、沒事，人家當然知道……」

「這間研究所是個幌子。雖然看起來是星靈研究所，但實際上是別的建築物。」

「阿陣——！你為什麼要搶在人家前面說啦！」

「太陽都要下山了。喏，隊長，該走嘍。」

陣放下扛在肩上的槍箱。

在取出箱子裡的狙擊槍後，陣直接將槍箱扔置在地上。

「偶爾也得表現得像個帝國士兵啊。」

「咦？你的意思是……」

「這裡如果是非法開設的研究所，就違反了帝國法。身為帝國士兵，哪能夠坐視不管。」

沒錯。

對第九〇七部隊來說，這起事件在這一瞬間有了天翻地覆的變化。

……如果這裡是帝國的研究所，那我們就無從出手。

……反過來說，如果這裡是違法開設的研究設施，身為帝國士兵的我們就不能置之不理。

他們有了插手的理由。

此行的目的並非奪回希絲蓓爾，而是針對某人開設的違法研究所進行搜查。

「就是這麼一回事。」

伊思卡對著一語不發的燐使了個眼色。

「計畫有變，我們也一起去吧。」

「隨你們便。」

燐轉了轉脖子說：

「我這幾天已經累積太多壓力，如果這裡不是帝國的官方設施，那我就算在裡面大鬧也不成問題吧？」

帝國第四州都畢士蓋登——

這裡存在著帝國境內唯一沒被「填平」，而是以原始之姿保存下來的星脈噴泉。

說起來，星靈原本就是禁忌的存在。

凡是在帝國境內找到的星脈噴泉，無一不被帝國軍出手破壞；但在這個州裡，星脈噴泉卻是受到了嚴格的控管。

——管理機構則是單一集聚智能體「奧門」。

帝國所擁有的星靈相關知識，全都來自這個機構。

「嗨，無名。感覺如何啊？」

『你三個小時前才問過這個問題吧？』

「很正確的反應。畢竟這裡是專治星靈症狀的獨立病房，因此每三個小時就要來診療一次你的手臂。」

診療室被藍白色的光芒所覆蓋。

乳白色的磁磚地板迴蕩著快活的嗓音與腳步聲。

「米卡艾拉，幫我拿病歷表過來。」

「牛頓室長。」

「怎麼啦？」

「您現在拿在手上的就是病歷表。」

「唉呀？對啦、對啦，我一時沉浸在思考中，都忘了這回事。喏，這就是那種『戴著眼鏡找眼鏡』的現象對吧？」

被身穿套裝的女醫務官這麼點醒後，蓄有鬍子的室長隨即露出苦笑。

——使徒聖第十席。

卡隆索・牛頓爵士。

俗稱「最不健康的研究員」——正如他那對像是一吹風就會斷折的胳膊所示，在以頂級戰鬥力掛帥的使徒聖之中，他是少數的非戰鬥人士。

這名男子對躺在病床上的**同僚**揮了揮手。

「所以我才會又問一次：無名，你現在感覺如何啊？」

『…………』

男子的外表相當詭異。

他從頭到腳都被灰色的緊身衣包覆。

他遮蔽了臉孔，而且連身的裝束大概無法讓聽診器派上用場，怎麼看都不像是來接受診療的病患。

『……傷勢在作痛。』

無名。

以使徒聖第八席為人所知的這名男子，將唯一顯露出來的肉體——粗壯的右手臂向上抬起。

但他僅抬高了數公分左右。

儘管肩膀微微一動，卻無法再往上抬高，手肘和指尖也動彈不得。

『在執行女王活捉作戰的時候，我挨了佐亞家當家、名為葛羅烏利老骨頭的「罪」之星靈，然後就留下了這樣的星靈症——這樣的說明還得重複幾次？』

深紫色的斑紋貼附在他的右手臂上。

看似燒傷的痕跡，其實是遭受「罪」之星靈侵蝕所留下的星靈症。

「老夫是佐亞家的當家葛羅烏利。好啦，接下來就是裁量你罪狀的時候了。」

「這是所謂的化身獸。你早先犯下了罪，而這份罪孽已然轉爲『懲罰』了。」

即使到了最後，無名仍舊無法明白罪之星靈的全貌。

他與星靈能量凝聚而成的化身獸交戰，受傷的右手則是從此動彈不得——他所能明白的就只有這些而已。

「畢竟星靈症的症狀千差萬別呀。」

牛頓室長像是在享受閱讀的樂趣似的，在打量病歷表的同時以雀躍的語氣說：

「你是和純血種交手對吧？帝國蒐羅的星靈症知識無法在你的療程中派上用場也是沒辦法的事，畢竟對手是個超乎常規的怪物。」

『我沒心情聽你講藉口。』

使徒聖第八席瞪視著談笑風生的研究員。

『我的手臂會變得如何？會整個腐爛脫落嗎？』

「有可能會這樣，但也可能不會。最簡單的治療方法是砍掉你右肩以下的部位，然後裝上和左臂一樣的義肢。」

『就這麼辦吧。』

由於答應得太過果斷——

聽到無名要求砍下自己的右手，在一旁觀看的女醫官米卡艾拉的臉色登時變得鐵青。

這名男子就沒有絲毫猶豫嗎？

這不是普通人的手臂，而是具備了帝國頂尖格鬥技術的高手手臂。他即將喪失的，是比國寶級名刀更有價值的手臂，為何絲毫沒有恐懼之情？

「唉呀，你倒也不必著急。」

牛頓室長將病歷表隨手一放，聳了聳肩說：

「根據你的報告，那個罪之星靈似乎會懼怕反星靈手榴彈的光芒對吧？既然如此，就有很高的機率能夠根除。」

『——』

「這世上存在著星靈會為之排斥的力量。那主要是從高汙染地區『卡塔力斯科』採集而來的礦石，我會將含有礦石成分的藥水塗抹在你的傷處。米卡艾拉，快去準備相關事宜。記得多調配些不同濃度的藥水，好增加採樣的種類。」

『你的語氣也太開心了吧。』

無名發出一聲嘆息。

對於這名瘦骨嶙峋的科學家來說，就連自己的星靈症也只是珍貴的星靈研究樣本——他完全不以拯救病患生命為己任。

『要拿我的身體當作樣本是無所謂，但要是攪了個亂七八糟後還是沒能治好，我就和你沒完沒了。』

「我當然會傾全力進行治療。我可從來沒將星靈症患者視為玩物過啊。」

牛頓室長轉頭看向身後的女醫官，對她送了個秋波。

「對吧，米卡艾拉？」

「您這樣做很噁心。」

「看來送秋波這個動作得多練習幾次啊。這個話題暫且不管，別看我這個樣子，我還是以一名正經的研究員自居喔。但這世上似乎也存在著被稱之為瘋狂科學家的人物，而我也沒打算出言否定。」

『——這麼說來……』

無名低聲笑了一下。

躺在病床上的他，看似愉快地抖動著肩膀。

『好像真有這麼一號人物。我記得那是某人悉心栽培，然而在研究星靈時跨越了奧門的倫理守則，最後甚至多次進行人體實驗的女人。那傢伙也算得上是個挺厲害的瘋狂科學家吧？』

「…………」

牛頓室長安靜下來。

他摸摸自己自豪的鬍子，罕見地被無名的話語堵得臉色一沉。

「……**她**是個非常可惜的人才。」

『她的名字叫什麼來著？』

「凱賓娜。她原本具備登上奧門頂尖星靈症研究員的本事。以一名研究員來說，她無疑有著高超的天分。」

牛頓室長仰望天花板。

「然而，她的內心沒有倫理觀念，過於沉浸在求知慾海之中。不僅將自己的住所改造成研究所，甚至能不當一回事地進行人體實驗。當我抵達現場時，一切都為時已晚……」

『她好像以叛國罪遭到了逮捕對吧？』

「她逃獄了。」

『……什麼？』

無名的話語聲混雜少許驚愕。

即使要自斷一臂也面不改色的使徒聖，因牛頓室長的一句話而使得嗓音出現了動搖。

『她居然從**那個**「天獄」裡逃出來了？』

「就是那麼回事。」

『…………』

那是帝國境內戒備得最為森嚴的監牢。

強大的魔女、魔人以及因叛國罪遭逮的重刑犯，都會被關押在此處。

『無人逃脫——記得那邊是拿這個標語當招牌的對吧？還是負責看守的第九席（史塔丘）犯了傻，眼睜睜看著她跑掉？』

「史塔丘老弟沒出任何紕漏。而且若要再加上一句——那座監牢是無法憑藉一己之力逃脫出去的。」

『……有內賊嗎？』

「大概吧。而且還是有能耐影響帝國軍方高層的大人物。」

呼……

將白袍披在肩上的男子深深地呼出了一口長氣。

「你還記得嗎？大約一年前，某個原本和我們是同僚的使徒聖，曾把一名魔女從監牢裡放跑對吧？名字叫做……呃……米卡艾拉？」

「他名為伊思卡。」

「沒錯。但他的劫獄行動和這件事不能混為一談。畢竟他入侵的監牢並不是天獄，更何況他在那之後馬上就被逮捕了。」

即使是使徒聖出馬也辦不到。

就算試圖駭入帝國的監視系統藉以逃獄，最後也只會落得和共犯一同落網的下場。

「然而協助凱賓娜逃獄的犯人至今未能查明歸案。那人究竟是如何打開天獄的門鎖，又是如何將她帶出監獄的……」

『應該要問，為什麼偏偏要放她逃跑吧？』

「確實如此。我至今也還無法明白，犯人不惜把那個危險的女人放出監獄，究竟打算做些什麼事——唉呀，話題好像扯得有點遠了。」

牛頓室長抬頭看著牆邊的時鐘，搔了搔自己的後腦勺。

「我會幫你安排療程，下一次會在七小時後過來，這段期間請好好靜養。」

『知道了。』

「聽話的病患才能活得長久。那我先失陪了。」

他甩動白袍，離開診療室。

而在走廊上——

「…………凱賓娜啊。」

牛頓室長發出近似呢喃的低語。

他特意壓低音量，連走在身旁的女醫官（米卡艾拉）都沒能聽見。

「凱賓娜・索菲塔・艾莫斯——很久沒想起這個討厭的名字了。」

2

帝國境內，「魔女誕生之地」——

小房間裡滿是塵埃。

天花板則是結滿了蜘蛛網，各種奇形怪狀的蟲子自水泥牆的裂縫中緩緩鑽出。

「………」

「希絲蓓爾公主，別這樣瞪我嘛。我不擅長打掃，連我的房間也是長這個樣子喔。」

胭脂色頭髮的女研究員看似愉快地笑了笑。

「還是說，妳依然為自己沒受到公主應有的待遇懷恨在心，想要我立刻幫妳解開手銬？」

「妳錯了。」

希絲蓓爾仰躺在布滿灰塵的床鋪上。手腳遭到拘束的她，正瞪著俯視自己的女研究員。

女子的肌膚看似營養不良的土色，眼角浮現出睡眠不足造成的濃濃黑眼圈。

儘管她渾身都散發不健康的氣息，唯有窺探自己的眼球炯炯有神，散發著詭異的光采。

「……叫凱賓娜的，我厭惡的是妳的眼睛。妳那睥睨我的雙眼，讓我深感不快。」

「哈哈！真是個可愛的魔女啊。」

凱賓娜・索菲塔・艾莫斯——

這麼自稱的古怪女子就像在展示排列在白袍底下的大量針筒，掀開披在肩上的白袍。

「唔！」

「剛剛看到這些玩意兒的時候，妳倒是哭喊得相當淒厲，還喊著『住手！請快點住手！』之類的句子呢。妳就這麼怕打針嗎？」

「……是呀，我可是記得一清二楚。」

被迫以仰躺姿勢倒在床上的希絲蓓爾咬緊嘴唇。

藉此忍受著難以承受的恥辱與恐懼。

「在我哭喊了一陣子後，妳用滴管吸走我的眼淚，還說那是『珍貴的魔女體液』，當時的我真的是被嚇得膽戰心驚。」

既不是殺意也不是敵意。

這是希絲蓓爾這名少女首次體驗到——沒有盡頭的「好奇心」所帶來的恐懼。

……她只將魔女（我）視為研究樣本。

……如此缺乏人性的帝國人，我還是頭一次遇上。

帝國對於魔女的歧視心態固然令希絲蓓爾作嘔——

但這名女子的態度卻更為誇張，簡直就像被某種難以名狀的慾念支配一般。

「放心吧，還得再過一陣子才會用上這些針筒裡的藥劑。」

凱賓娜疼惜地撫摸著針筒。

她撫摸針筒的動作比為自己觸診時更為小心、更為纖細。

「現在必須忍耐呢，因為把妳帶來的人要我不准動手。看來妳的星靈相當珍貴呢。」

「……是塔里斯曼卿嗎？」

「哦，原來妳知道啊？沒錯，就是那個魔人喔。」

完全沒打算掩飾主謀的身分。

不過，也許該說是理所當然的吧。即使是合作的對象，凱賓娜仍稱他為「魔人」。

「妳就這麼厭惡皇廳嗎？」

「嗯？我不討厭啊。我對涅比利斯皇廳可沒有一絲一毫的恨意喔。」

女研究員隨意地搔了搔暗紅色的頭髮。

她挺著與化妝無緣的身子說：

「我和帝國司令部不一樣，不認為有將魔女和魔人澈底滅絕的必要。不覺得這麼做太浪費了嗎？那些可都是珍貴的樣本。」

「……妳沒把我們當成人類看待嗎？」

「當成人類？嗄？妳是指哪方面的分類？」

「咦？」

「這世上的一切事物就只有兩種分類，一種是『研究樣本』，另一種則是『非研究對象』。至於樣本究竟是人類還是非人類，不覺得都是些枝微末節的小事嗎？」

女研究員一臉認真地俯視自己。

那對缺乏血色的嘴唇緩緩揚起，做出了微笑的形狀。

「像妳這樣的魔女就屬於前者，而在這個國家晃蕩的帝國人則屬後者。所以妳可以為此感到開心喔。因為對這個世界來說，妳是個有價值的存在。」

「…………」

凱賓娜的雙眼牢牢地盯著自己。

兩人的距離近到幾乎要互觸鼻尖。瘋狂科學家像是捨不得眨眼似的凝神注視著自己的雙眼，讓希絲蓓爾一語不發地閉上眼皮。

她不想看。

她不想被人在這麼近的距離持續觀看。

「……妳這人太不正常了。」

「很多人都這麼說我。」

「唔！」

胸口傳來某種觸感。

就在自己閉眼抵抗的時候，胸口遭到了觸碰。正確來說，凱賓娜是以把玩般的動作，緩緩搓弄著位於該處的星紋。

「『妳是錯的』——嫉妒我才能的傢伙們總是這麼說我，無論是奧門還是帝國司令部的人都一樣。不覺得這很讓人開心嗎？到頭來能正確評價我的，就只有八大使徒而已——」

「咦？」

「……哎呀，我說太多了，這可不行。因為我平時只會自言自語，所以一旦展開對話，就會不自覺地沉浸其中呢。」

希絲蓓爾睜開眼皮。

只見凱賓娜像個孩童般用手掩住自己的嘴巴。雖然剛剛提到的「八大使徒」一詞讓人感到在意，但從她的反應來看，就算追問下去恐怕也是白搭。

「妳究竟有什麼目的？」

「目的？要說我的目的，也就只有窮究這個世界的真理而已吧。因為我是個研究員。」

這研究的目的之正當，連希絲蓓爾都為之一愣。

但希絲蓓爾的認知，卻被她的下一句話吹到了九霄雲外。

「我最關心的當屬『星球的最深處』。」

「唔！」

「希絲蓓爾公主，妳知道**那裡有什麼東西**嗎？」

「……咦？」

對於對方投來的疑問，自己感到啞口無言。

星球的最深處？

那是什麼意思？如果指的是構成這個世界大陸的地層最深處，那應該不管怎麼挖都是一層又一層的岩石才對吧？

然而——

閃過希絲蓓爾腦海的，是休朵拉當家塔里斯曼的臉孔。在那名男子闖入露家別墅的時候，他確實說過這麼一段話……

「若想抵達這顆星星的中樞，就必然需要帝國的協助。」

「小希絲蓓爾，讓我們好好相處吧。寄宿在妳身上的星靈，蘊含著能揭開這顆星星神祕面紗的力量，之後還得要妳好好出力呢。」

「……我才想問這個問題呢。」

她咬緊牙根。

希絲蓓爾看向睥睨著自己的瘋狂科學家，拉開嗓子喊道：

「什麼叫『這顆星星的中樞』？你們到底隱瞞了什麼樣的祕密沒說！」

Chapter.5 「星之禁忌」

這裡看似國立星靈研究所「奧門」的阿爾托利亞分部——實際上只是冒名的建築物。

腹地裡長滿茂密如林的野草，在長年的風吹雨打下，外牆的油漆已然剝落一大半。

這裡已經荒廢很長一段時間嗎？

還是說，這如同廢墟一般的外觀，也是刻意而為的偽裝呢？倘若不走入其中調查，就無法得出答案。

「……哎，雖說是理所當然，但門果然上鎖了啊。」

陣朝正面大門踹一腳。

即使是搭載了紅外線感應器的自動門，沒通電就只是兩片鐵塊罷了，僅憑人力恐怕難以撬開生鏽的門扉。

「若想進去裡頭，打開正門（這個）自然是最輕鬆的……音音，妳身上有沒有剛好帶著炸彈？像是偽裝成耳環模樣的炸彈之類的？」

「沒有喔。那個放在音音我的宿舍裡了。」

「居然真的有喔……算了，那就換伊思卡上場了。你打得開嗎？」

「……雖然看起來不是劈不開啦……」

伊思卡仔細打量看似厚重的門扉，並且握住星劍的劍柄。

只砍一劍是劈不開的。

若是連砍兩三劍，應當能在門上砍出一道縫隙。

「讓開，讓我來。」

就在伊思卡的身後——

燐蹲在地上，用手指觸碰腹地的土壤。

「只要敲壞這扇門就行了吧？這很簡單啊。」

地面向上隆起。

帶著黏性的土壤像是有意識似的匯聚起來，形成了大型的人像，以單膝跪地的姿態誕生於燐的面前。

那具巨人像隨即站起身子。

「很好，巨人像，砸了這扇門。」

「咦，等等！」

就在伊思卡一行人飛身躲避的同時，巨人像砸出巨大的拳頭，將宅邸的正門捶得扭曲變形且飛彈出去。

「我們差點都要被這拳波及到耶！」

「躲得太慢了……唔嗯。雖然早有預期，但建築物內部也破敗得很嚴重呢。」

燐瞪視著塵埃飛竄的半空，接著皺起眉頭。

走廊上昏暗得幾乎伸手不見五指。

能稱之為照明的，就只有勉強從封住窗戶的木板縫隙穿透而來的陽光。如果現在是夜晚，一行人肯定無法展開探索。

「我打頭陣，你們幾個跟上。」

「要怎麼處置這具巨人像？這種龐然大物就算跟著我們一起行動，也會因為體格過大而妨礙行動。」

「我會讓它在這裡待命。還有……」

燐在回應陣之後，像是想起什麼似的折回原路。

她再次觸碰地面。

「我會讓巨人像擋在正門口把風，以防被其他人追蹤。為防萬一，準備個盾衛總是好事，我就再造一隻吧。」

地面微微震動。

燐施展星靈術，但她這回造出來的並非巨人像，而是一尊人偶。

人偶的身材看起來與陣相仿。雖說比起巨人像矮小且纖瘦許多，但這種土士兵的動作也相對敏捷許多。

「跟在我後面一步。」

收到命令的人偶忠實地跟在燐的身後。

——進入宅邸內部。

在踏入裡頭的那一瞬間，音音和米司蜜絲隊長同時皺起臉龐。

空氣中傳來鐵鏽味、塵埃味和刺鼻的霉味。

「……咳咳……唔，音音小妹妳不要緊吧？」

「唔——音音我的鼻子好像也快要歪掉了，這味道真的很難受耶。要是有帶防塵口罩的話就好了。」

每走一步，都會揚起塵埃飛舞。

灰塵累積的厚度就像地毯一樣。不曉得究竟要棄置幾十年，才能累積這麼驚人的厚度。

「從這些灰塵的堆積方式來看，似乎不僅僅是『偽裝成廢墟』這麼簡單，這裡的電也完全被切斷了。」

陣取出通訊機。

他將發光功能調到最大，當成手電筒照亮地板。

「啊，阿陣，通訊機就讓人家來拿吧。」

「嗯？」

「你拿著這個就沒辦法握槍吧？人家的槍是單手用的，可是阿陣的槍是狙擊槍呀。」

「別在摔倒的時候脫手喔。」

「不會弄掉啦！……可是真的好暗喔，遊樂園的鬼屋也不會這麼黑耶。」

米司蜜絲隊長接過陣的通訊機。

亮光照出的灰色地板，應該是被灰塵覆蓋的顏色吧。天花板一帶則能看見沿著牆壁伸向深處的好幾條輸送管。

「音音小妹，這和妳剛才提到的星靈能量輸送管——」

「完全是不一樣的東西。這些只是單純的換氣管。」

燐回答了這個問題。

她領著土人偶，在寬敞的一樓中筆直前行。

「我也有些操之過急了。早知道裡面這麼寬敞，就該再準備十具左右的人偶才是。光是讓它們在這裡徘徊，就能有效地完成搜索。」

燐咂嘴一聲。

這是土之星靈使的缺點。

這和雪、冰、炎等具備「創造」能力的星靈術不同，土之星靈能做到的僅有「操作」而已。由於建築物裡沒有土壤，她大概無法再造出新的人偶。

「真沒辦法，你們繼續搜索一樓吧，我先回門口一趟——」

「燐，等一下。」

「帝國劍士，有什麼事？」

「這邊沒有灰塵了。」

「唔！」

伊思卡的這句話，讓燐瞪大雙眼。

她像顆陀螺般轉過身子，打量周遭的狀況。雖說地板上的塵埃並沒有全數消失，但確實可以看出灰塵累積的分量變少了。

「什麼時候有這種狀況的？」

「拐過剛才那個轉角之後，地上的灰塵就沒那麼明顯了。由於灰塵的累積量是慢慢減少的，所以我也花了點時間才發現。」

伊思卡凝視著一樓的深處。

「既然地板變得乾淨這麼多，就代表有人頻繁出入這一帶吧？」

「……似乎是這樣。」

燐再次邁步前行。

但現在的她將腳步聲壓得極低，宛如在追蹤獵物似的小心翼翼。

——光亮。

從十字路口前方射來的光芒，讓燐瞇細了雙眼。

「總算露出狐狸尾巴了啊。就算把外表偽裝得像棟鬼屋，宅邸內部果然還是有通電。」

那應該是天花板的照明燈吧。

眾人以光芒為目標，緩緩地走在昏暗的通道上。

叩……叩……

轉角傳來了腳步聲。

是誰？

腳步聲聽來只有一人。來者的氣息從通道深處逐漸接近，來到藏身於十字路口陰影處的伊思卡一行人的附近。

「我要活捉他。」

燐將手伸向裙子內側。她從收納了無數暗器的口袋中緩緩拔出一把小巧的匕首。

「第一人由我解決，第二人交給人偶。如果超過三人的話，就交給你們了。」

她接著陷入沉默。

伊思卡等人也閉口不語，沒有出聲應答「好」或是「不好」。為了不讓對方察覺，他們只是點了點頭作為回應。

燐彎下身子，做好隨時都能衝出去的準備。

而她身後的第九〇七部隊則作為次鋒待命。

——腳步聲逐漸接近。

叩、叩……迴蕩的聲響逐漸變大。

氣息從十字路口的不遠處傳來。

某人的鞋尖出現在轉角處。這一瞬間，燐瞄準了那人的腳踝伸出手臂。

她抓住對方的腳踝，強行吊起對方的一條腿。

「抓到了！」

「呀啊啊！」

男子發出慘叫聲摔倒在地。

燐不由分說地跨坐在男子身上，將出鞘的匕首對準脖子——

「………噫！怎、怎麼了！妳這傢伙搞什麼鬼啊！」

「閉嘴。」

燐將匕首貼在男子的脖子上，以冰冷的眼光瞪視著他。

男子身穿便服，年紀看起來二十多歲。

雖說燐的年紀比男子小，但無論是以刀子抵住脖頸的動作還是殺氣騰騰的口吻，都顯示出燐的經驗更為老道。

「聽從我的命令。命令一，禁止你與同伴以任何形式聯絡。」

「同……同伴！」

「命令二是繳械。把你身上的武器全數交給我身後的人們，不准抵抗。」

「沒有！」

「這樣啊，你不打算聽話啊？」

「不、不是的！我真的……我、我什麼都沒做！同伴？我哪有什麼同伴，身上也沒帶武器！妳看了就知道吧！」

「————」

跨坐在男子胸口的燐，低頭俯視著便服男子。

男子穿著輕薄的襯衫和牛仔褲。

沒必要脫掉他的衣物檢查——這是無法藏匿手槍或刀械等凶器的打扮。

「看來你的非武裝申告確有其事。」

「所、所以說我——」

「喂。」

這時陣單膝跪地，對著仰躺在地的男子開了口。

他秀出帝國軍身分證。

「我們是正規的帝國軍人，要暫時將你拘束起來。」

「帝、帝國軍！軍隊跑來這種地方幹什麼啊……！」

「我們在搜查民宅。」

「……你說什麼？」

「我們正在這間宅邸找一個女人。她是個十五、六歲的少女，有著粉金色的頭髮。你對這樣的描述可有頭緒？」

「我、我看都沒看過！」

男子以害怕的眼神環視著陣、燐、伊思卡與米司蜜絲隊長。這舉止看起來不像演戲，完全就是一般市民突然被帝國軍人盤查時會有的困惑反應。

「我換個問題。」

燐再次開口說：

「你應該知道這裡是一棟早已廢棄的設施吧？」

「咦？」

「……看來是打算裝蒜啊。」

「我、我不是這個意思！等等，你們大概是把我誤會成什麼不良分子了，但我只是個來打工的啊！」

打工的？

男子說出的詞彙，讓伊思卡等人不發一語地皺起眉頭。

……說起來，他連這裡是座廢墟都不曉得？

……玄關大門明明就是鎖住的啊？

這是怎麼回事？

「沒、沒啦，我確實知道這裡看起來像是一座廢墟，但也就只知道這點事而已。我每週會來這裡工作一次，主要的業務是打掃和搬運藥品……」

「什麼樣的藥品？」

「我、我就說什麼都不知……好痛！」

「給我注意一下說話的口氣，臭帝國人。」

薄薄的一片皮膚——

燐以匕首的刀尖削下男子脖頸的一小塊皮膚，讓遭到拘束的男子發出慘叫。

「你還看不出來現在該聽誰的話嗎？」

「……………」

「回答呢？」

「是小的失禮了……」

打工男子臉色鐵青，渾身發顫。

「但、但就跟我說的一樣，我真的只是被僱來打工的。我會來這個讓人毛骨悚然的地方，就只是為了更換空瓶或是燒瓶一類的器材啊！」

「雇主是誰？」

「是個紅頭髮的女人，但我不知道她的名字……以一個女人來說，她的身高還挺高的，講話口氣也很男性化……但她只會在付錢的時候和我說話而已。」

「所以你什麼也不曉得？」

「……是、是的。」

「——————」

男子一無所知。

燐俯視著一再重申自己不知情的男子，看似焦躁地咬緊牙根。

——他不曉得希絲蓓爾的所在之處。

這名男子不過是底層人員，只是住在附近的帝國市民罷了。

「我知道了。那麼，你就帶我們前往那個『搬運藥品』的地方吧。只要你好好帶路，這裡就沒你的事。」

「您、您願意釋放我嗎！」

「就看你願不願意聽話了。站起來。」

燐取出一條鋼鐵製的纜繩。

她將男子的雙手縛成手銬狀，並用刀子抵住他的背部。

「好痛！」

「帶路。要是停下來的話就戳你，要是大聲說話的話就戳你，敢做出可疑行動的話也戳你。除此之外，如果我心情不好的話也會戳你幾下。」

「太不講理了吧！」

「如果想活著回去，就把我們帶去那個女人待的地方。」

「……小、小的馬上照辦。」

男子快步向前走去。

他沿著附有照明的通道前行，抵達一處門扉大開的藥品保管室。

「你剛剛在這裡工作對吧？」

「……是、是的。每個月都會送來大量不曉得什麼來頭的金屬箱，我的工作就是把箱子搬進這間房間裡保管，也只有這間房間的空調功能是正常的。」

只見金屬製的箱子沿著房間的牆壁排成一列。

每個箱子都被上了一層又一層的鎖。

……真在意裡面裝的是什麼東西，而且連個標籤都沒貼。

……要由我砍掉箱子的蓋子來窺探內容物嗎？不對，若是得一個個拆封的話，就會浪費太多時間。

就是粗略估計，房間裡的箱子也有兩百個以上。

比起直接開箱確認，還有其他更有效率的方法。

「燐。」

「我知道。不管箱子裡裝的是什麼東西，只要去問那個紅髮女人就能得到答案，就連希絲蓓爾大人的所在之處也一樣。喂，臭小子。」

「小、小的在！」

「我已經明白你搬運藥品的業務為何了。那個僱用你的女人在哪裡？」

「在這裡！我們都是在這裡碰頭的！」

「嗄？你在說什——……唔！」

燐的話說到一半——

像是忽然察覺到什麼似的，將嘴巴閉了起來。

——腳底下方。

仔細觀察燐所立足的地板，就能看到不到一公釐寬、宛如細線般的裂痕。

「是隱藏出入口嗎！」

這是與地下樓層相連的入口。這棟建築物占地廣大，若沒能從這名男子的口中問出情報，肯定無法自力發現。

「拿鑰匙來。」

「我、我沒有鑰匙。這門不是由我開的，而是只要到了搬運藥品的時間，地下樓層（對面）就會把門打開！」

「原來如此。」

咚……燐以手指推了一下男子的背部。

示意要他離去。

「沒你的事了，之後就隨你便吧。」

「……咦？那個，您還沒幫我解開手銬啊。」

「離開宅邸後，隨你要找誰求助都行。既然你有可能通風報信，我就不能讓你在雙手自由的情況下離開。還是說——」

「恕小的我失陪了！」

男子頭也不回地沿著昏暗的通道落荒而逃。

「繼續探索吧。米司蜜絲隊長，妳沒意見吧？」

「嗯、嗯……不過，這扇門要怎麼打開呢？」

「我就是為了這種時候才把它帶來的。」

土人偶迸散開來。

原本凝聚成人形的沙之團塊化為細小的沙礫，鑽進僅有一公釐寬的地板裂縫中。

嘰——地板下方傳來金屬轉動的悶響。接著，原本緊閉的隱藏門扉就像蓄了力的彈簧一般，勢不可當地向上翻開。

「哇，好厲害！」

音音的雙眼閃閃發光。

「燐小姐，這是怎麼做到的？」

「我讓沙子入侵鑰匙孔的縫隙，將其破壞掉了。如果是密碼式的機械鎖，那我也只能舉手投降；但既然是傳統的鎖筒式，就只要直接破壞即可。」

「……星靈還真是方便呢。」

「也不盡然。之所以有這麼大的應用範圍，是因為我的星靈為『土』屬性的關係。大多數的星靈都是如炎、風或是雷屬性等產生出自然現象的『召喚系』，我的星靈卻屬於有沙土才能施放星靈術的『操作型』。雖然有這樣的缺點，但我也因此能做到如此細微的——」

燐驀然一驚。

看到音音拿出筆記開始抄寫的模樣後，她才終於回過神來。

「……把剛才的話忘掉吧。我的事沒什麼重要的。」

「燐小姐該不會是那種平時話不多，但話匣子一開就沒完沒了的類型吧？」

「少、少囉嗦！快點下去吧！」

燐拉著土人偶，伸手指向隱藏階梯。

——前往地下樓層。

在踩了大約二十階的階梯後，下方透出與一樓燈光顏色不同的照明光芒。

那是淡淡的藍綠色光芒。

一行人循著宛如淺海般的通透光芒一路向下，就在抵達了地下樓層後——

「……這是什麼啊？」

「咦！這、這是怎麼回事？」

燐和米司蜜絲隊長接連發出驚呼。

充斥著樓層的光芒——

其實是強烈得刺眼的星靈能量。

這並不是天花板的日光燈。

寬敞的地下空間各處都設置了巨大的機械爐，而這些淡淡的藍綠色光芒，便是從機械爐深處溢出的霧狀物體。

「豈有此理……這些全部都是星靈能量的反應爐嗎！」

面對這片鮮豔得讓人望而生畏的光芒，燐向後退了一步。

像是被這片強光震懾了似的。

「這裡應該沒有星靈能量的分離輸送管才對。難道是直接抽取了地底的星脈噴泉，在未經轉換的情況下直接拿來利用嗎……伊思卡！」

她握緊拳頭，逼近伊思卡說道：

「**這到底是怎麼回事**！帝國禁止從事星靈相關的研究？開什麼玩笑……這些機械爐要怎麼解釋？能直接利用星脈噴泉能量的反應爐，就是皇廳的最新技術也還辦不到這種事啊！」

「妳以為我有辦法回答嗎？」

「唔！」

「……不過說老實話，我也被這樣的光景嚇到了。」

伊思卡其實也不是刻意靜默不語。

而是他不知道該說什麼才好。

他一直以為這裡是偽裝成廢墟、用來藏匿希絲蓓爾的場所，除此之外就毫無價值可言。

……然而，這裡是怎麼回事？

……我們面前的這些機械爐，到底是為了什麼目的而運作的？

廳堂充斥著魔幻的光芒。

星靈能量的光芒自二十臺機械爐滿溢而出，而且這些光芒的顏色都有些許不同。

火、水、風……這裡究竟收集了多少種類的星靈？

「陣——」

「別問我。」

銀髮青年罕見地——極其罕見地因苦澀的心情皺起臉龐。

「不僅刻意偽裝成廢墟，還藏身在這種地下室……目前能確定的，大概就是在做些沒辦法在帝國公開的研究吧……」

「和帝國軍無關嗎？」

「很難說。我們這些基層人員別說是機密了，就連和軍方無關的帝國醜聞也都一無所知……但這種相當具有規模的設施，不可能是基於個人興趣所打造而成，肯定有個來頭不小的人物在背後撐腰。」

禁忌的星靈研究。

如果燐的話語可信，那這座設施所展露的科技，還遙遙領先在皇廳之前。

……真希望這座設施與帝國軍無關。

……畢竟就連我在當使徒聖的時候，也從來沒聽說過有這種研究存在！

到底是誰幹的？

待在這裡的是誰？又在這祕密設施裡研究些什麼內容？

「喂，隊長。我姑且問一句，妳應該對這裡一無所知吧？」

「人、人家嗎！我當然什麼也不知道呀！音音小妹，妳能猜得出來這些機械爐是用來做什麼的嗎？」

「……音音我完全看不出來。」

音音果斷地搖了搖頭。

「這裡恐怕是非常不妙的現場喔。音音我認為，這裡不是我們這些普通的帝國士兵該踏入的地方。」

「但對我而言，這反而釐清了我內心的疑慮。」

燐的嘴角揚起傲然的笑容。

她側眼看著轟轟作響的機械爐，在廳堂邁開大步。

「我一直不明白希絲蓓爾大人為何會被帶到這座廢墟，這下總算真相大白了。對於被抓補的魔女來說，此地正是為她們量身打造的監獄。」

這裡的溫度和溼度都相當驚人。

就像是在洗三溫暖似的——雖說昏暗的一樓視野極差，但這座霧氣靄靄的地下空間也同樣不遑多讓。

「燐，我雖然覺得沒必要提醒，但妳千萬要小心——這裡不是尋常的地點。」

「可真是雞婆啊，帝國劍士。你難道以為我會放鬆警戒不成？」

少女將匕首隨手一扔。

她將手探入裙子內側的隱藏口袋，握住一把折疊式大砍刀。這不是用來逼供用的工具，而是威力十足的戰鬥用暗器。

「……什麼人？」

手持武器的燐在走沒幾步路後，隨即停下腳步。

霧氣的另一頭有人影。

燐的聲音明明傳達過去了，人影卻是一動也不動。

「……是想表現自己游刃有餘嗎？沒把入侵者放在眼裡的意思？」

燐以冰冷的嗓音說道。

她架起大砍刀，並且蹬地衝刺。

「好啊！雖然不曉得你是誰，但就讓你成為我的刀下亡魂吧！」

「——等、等一下，燐！是我呀！」

「咦！**希絲蓓爾大人**！」

燐連忙煞住腳步。

伊思卡、陣、音音和米司蜜絲隊長也一樣。對於這超乎預期的光景，在場所有人無不懷疑起自己的眼睛，與眼前的少女對視。

——而少女正是被綁在輪椅上的希絲蓓爾。

雖然表現得十分膽怯，但她那張可愛的臉蛋，即使在霧中也顯得十分醒目。

由於興奮，使得她紅潤的雙頰充滿生氣，而豔麗的粉金色頭髮更是證明了她的身分。

她就是希絲蓓爾本人。

「燐！」

這位公主大聲喊道：

「快點幫我鬆綁！凱賓娜往更深處逃去了！」

「……凱賓娜？」

「是監禁了我的女人。她說有東西想給我看，於是把我帶到這裡，結果一看到你們現身，她就往裡面逃了！」

「小、小的這就來！」

燐連忙趕上前去。

她接連切斷希絲蓓爾與輪椅相連的繩子，最後還削斷了綁住雙手的繩子。

「呼。您似乎沒受傷呢。」

燐看著站起身子的希絲蓓爾，按著胸口說道：

「太好了。雖然這座設施仍有未解之謎，愛麗絲大人和女王大人想必能夠就此放心了。真是的，希絲蓓爾大人實在很走運呢，而且派遣到此的還是小的我本人，您就出言道謝吧。」

「伊思卡！」

「沒錯，您是該向伊思卡道謝……咦？」

希絲蓓爾從燐的身旁掠過。

不知為何，楚楚可憐的少女率先奔向的竟然是待在燐身後的自己。

她的眼裡浮現點點淚珠。

「啊，我就相信你會來！我果然沒有看走眼，你正是我理想的護衛！」

「咦……呃，妳等一下！」

希絲蓓爾抱上來，說什麼都不肯放手。

她將手臂環過自己的背部，以臉龐挨擦著自己的胸口，而且總覺得她的胸部似乎不時會碰觸到自己。

「我、我真的感到很不安！我很想念你，覺得好寂寞……！」

「那、那個，希絲蓓爾？」

「今後請不要再離開我身邊了，這一輩子都別離開！」

「一輩子！」

「哎呀，陣，原來你也在呀。」

希絲蓓爾維持抱住自己的姿態，接著看向銀髮青年。

「我也姑且對你致上五成的謝意吧。對呢，為了犒賞你的活躍，你從今天起就加入我的親衛隊吧！」

「我才不要。」

「你可是光榮的第一名成員喔。」

「這不就代表沒人想加入妳的親衛隊嗎？」

「你、你胡說些什麼呢。你也是我重要的——」

當事人希絲蓓爾似乎沒有察覺。

在希絲蓓爾以熱情的語氣挖角兩名男子的同時，有一群女性以極為冷峻的目光瞪視著她。

「……………音音我不知為何，現在的心情糟透了耶。」

「…………人家也想直接走人了。」

「…………也好，就當成什麼事都沒發生過，直接回家好了。」

早知道就不救了。

而視線冷淡的女性們的下一個目標則是——

「……伊思卡哥，音音我或許對你感到有點失望。」

「……阿伊，你的表現讓人家好失望喔。」

「……帝國劍士，我會將這件事上報給愛麗絲大人，你做好覺悟吧。」

「這誤會得太嚴重了吧！」

就在眾人身旁——

語氣無奈的陣粗魯地抓著希絲蓓爾的頭髮將她拉開。

「喂，現在不是發花痴的時候吧？」

「好痛！你、你在做什麼！怎麼可以做出拉扯女性頭髮這樣的粗暴行為——」

「該去追真凶了吧？」

「唔……我、我知道了……但也沒必要這樣嘛，因為我是真的感到很害怕呀……」

她轉過身子。

希絲蓓爾伸手指向霧氣的另一側，斂起臉上的表情。

「燐，往這裡走。」

「希絲蓓爾大人，敢問您知曉對方的去向嗎？」

「不，我也是才剛被帶到這裡。她說有東西想給我看，所以把我綁在輪椅上……但定睛一瞧，才發現這裡是一座很不得了的設施呢。」

公主仰望著噴出蒸氣與光芒的機械。

惹人憐愛的雙眼顯露出肅殺的氣息。

「這裡持續釋放著強烈的星靈能量，代表地底下方存在著規模相當大的星脈噴泉，或者是與好幾處星脈噴泉相連。」

「可是，希絲蓓爾大人，這裡可是帝國呀。」

「帝國裡當然也存在著星脈噴泉吧？欸，伊思卡，你還記得一年前的事嗎？」

「咦？」

「我還沒向你坦白呢。」

公主甩著粉金色的頭髮，將臉龐轉了過去。

她像是吃了黃蓮似的，以苦澀的口吻說道：

「我是指一年前被你營救的事。說起來，為何我非要飛離皇廳，親身入侵帝都不可呢？」

「……啊！」

伊思卡這才恍然大悟。

一年前曾發生過「魔女越獄事件」。在放跑被關押在牢裡的魔女時，伊思卡一直以為對方是在戰場上被活捉的俘虜。

……結果並非如此。

……畢竟希絲蓓爾可是貴為公主，就算有星靈之力輔助，她也不可能親上戰場。

她與冰禍魔女愛麗絲不同。

戰鬥能力為零的希絲蓓爾不可能上場殺敵。

「一年前我瞞過所有人，試圖入侵帝國。雖說後來被帝國士兵抓到，被關進了監牢……」

她再次邁開步伐。

並側眼看著矗立於此的巨大機械爐。

「但我一直很想調查帝國境內的星脈噴泉，而且目標正是這一類的機械爐。」

「咦？請等一下，希絲蓓爾大人，那究竟是什麼意思？」

「那是──」

啪哩！

希絲蓓爾的鞋尖踩碎散落在地的玻璃碎片。

「這是什麼？」

希絲蓓爾抬起臉龐。

位於她面前、被白霧所包覆的物體，並不是機械爐。

「……………這是水槽嗎？」

那是以透明玻璃打造的一座水槽。

水槽呈縱長狀，大小大約能讓一個人類躺進去。

若要舉例的話，就是形似「試管」吧。

這像是將用於實驗的器材放大好幾百倍後製成的物體。而希絲蓓爾抬頭仰望的，是其中最為巨大的一座水槽。

「燐，這是什麼？」

「抱歉，小的也不明白。但看起來似乎是很久以前被打破的。」

水槽從內側遭到了破壞。

就像有某種東西從內部向外疾飛而出似的。希絲蓓爾所踩到的玻璃，想必就是受到了當時的衝擊而摔落在地板上的碎片之一吧。

「燐，水槽上好像寫了什麼東西，妳看得見嗎？」

「…………」

燐凝神打量。

她循著希絲蓓爾的指尖看去——

「……在我看來，上頭所寫下的文字似乎是『E實驗體』。」

「是『伊莉蒂雅實驗體』的簡稱喔。」

耳邊傳來玻璃碎裂的聲音。

來者踩碎玻璃碎片緩緩前行——

「希絲蓓爾公主，妳留意到重點了呢。我想給妳看的，正是這一座水槽喔。這下就省去我說明的工夫了。」

一名女子從霧的另一側悄然現身。

她有著胭脂色的頭髮，但蓬亂得像是好幾年沒梳理過似的。披掛著褪色白袍的她，身材顯得纖瘦而病態。

……但這是怎麼回事？

……她散發一股令人作嘔的強烈壓力。

難以理解的存在。

就連伊思卡也不自覺握住星劍的劍柄。

「凱賓娜！」

「哦？妳記住我的名字了呢，希絲蓓爾公主。但遺憾的是，和躺進那個水槽的魔女相比，我的名字可是一點價值也沒有喔。」

名為凱賓娜的研究員搔了搔後腦勺，同時抬起臉龐。

她看向中央處破了個大洞的水槽。

「躺進這裡面的是妳的姊姊──第一公主伊莉蒂雅‧露‧涅比利斯九世喔。」

「給我住嘴！」

第三公主希絲蓓爾露齒大吼：

「……又是這種玩笑話……妳到底在胡說八道些什麼！我姊姊豈有可能會被關在帝國境內的這種地下室裡！」

「那位實驗體(伊莉蒂雅)啊，是親自來到帝國，並且自告奮勇要報名『實驗』的喔。那是大概兩年前的事吧。」

「……住口！」

「就結果來說，她成了帝國首次得手的純血種。不過，她擁有的卻是弱到讓人發笑的星靈呢。就我所知，她是最無戰鬥能力的魔女，一點研究價值都沒有。」

「我要妳把嘴閉上！」

「——我原是這麼想的。」

紅髮的女研究員像是感到無奈似的聳了聳肩。

「那是我這一生最大的失態，也是最大的紕漏。想不到，真想不到啊。」像是在苦笑一般。

「……妳、妳在說什麼呀！」

「希絲蓓爾公主，我不是一開始就說過了嗎？這裡是『魔女誕生之地』，而我則是在這裡鑽研著星球的真相。」

她大大甩動胭脂色的長髮。

瘋狂科學家凱賓娜以吟唱般的口吻說：

「她（伊莉蒂雅）總有一天一定會成為『真正的魔女』吧。而這顆星球將無人能抵禦她的存在。」

Intermission　「追求的並非人類所期盼的歡愉」

『傳喚魔女伊莉蒂雅。』

帝國議會──坐擁世上最大領土的「帝國」最高決議機關，為一項議題做出了決策。

『抬起頭來吧，伊莉蒂雅。這是妳暌違兩年的帝國之行，久未造訪的心情如何？』

「真是暢快得無與倫比呢。」

雙手遭到束縛、有著女神般容貌的魔女──伊莉蒂雅展露出心醉神馳的眼神仰望上方。

伊莉蒂雅．露．涅比利斯九世。

她留著一頭長長的碧綠色大波浪捲髮，其中還帶著些許金色的光芒，堪稱美麗絕倫。

那美麗的容貌也是甜美豔麗得宛若仙靈。她大概只須看著對方微微一笑，就能讓一國之君拜倒在她的石榴裙下。

若將這等究極的美貌稱之為魔法，那最適合「魔女」頭銜之人就非這位公主莫屬了。

「好久不見了，八大使徒的各位。」

在廣大的議場中──

伊莉蒂雅站在中央處的站臺上，依序仰望八名男女。

八大使徒。

他們是統籌帝國議會的八名最高層幹部。目前映照在正面螢幕上的，就只有八人朦朧的臉部輪廓。

『真虧妳還願意回來。』

『妳突然從**那座設施**離開的時候，凱賓娜可是大感懊悔喔。』

「呵呵，那可真是抱歉。」

雙手被縛的伊莉蒂雅伸掌抵頰，露出了微笑。

並以感到懷念的語氣說：

「我一直以為自己會遭到『處分』的下場。畢竟凱賓娜主任每天都會採集我的星體資料，然後抓著頭嘟囔：『和那個的親和率實在太高了。』」

『……………哦，妳竟然還記得啊？』

『……根據報告，那時候的妳似乎失去了自我意識。』

「雖然只有斷斷續續的記憶，但我還是記得的。雖說當時的我瀕臨精神崩潰的邊緣，但我似乎很得那個的喜愛呢。」

『……這樣啊。』

八大使徒安靜了下來。

若是被其他的帝國議員瞧見這一幕，肯定會讓他們驚愕得說不出話來。

他們處於投鼠忌器的狀態。

光是一名魔女，就足以讓八大使徒採取謹慎再三的態度。

「如此這般——」

伊莉蒂雅打破這陣沉默。

「趁著還沒被視為無法控制的實驗體遭到處分，我逃離了那座設施。但仔細想想，這恐怕是我思慮不周——畢竟八大（各位）使徒應當不會下達如此殘酷的命令吧？」

『這是當然。』

『無論是誰，都會有誤會的時候。對於妳這位自願成為實驗體的高貴公主，我等絕不會下達這樣的指令。』

「是呀。之前真的給各位添麻煩了。」

涅比利斯的公主以教人戰慄的優雅身段——

對八大使徒行了一禮。

「這便是我的誠意。」

『把頭抬起來吧。妳和那些低三下四之輩並不屬於同一個水準。』

『比起這點小事，我等有一事相問。』

『我等所握有的，就只有妳兩年前所留下的星體資料。就我等的推測，如今的妳被那個的侵蝕程度應當更勝當年，已經擴散到了全身上下才是。』

「這是當然。」

翡翠色頭髮的魔女將手搭在豐滿的胸部上。

「那可真是讓人汗毛直豎的感覺呢。不過……隨著合而為一的感覺變得逐漸深入，我也慢慢變得舒暢起來。那就像我的全身上下都被翻弄，是非常舒服的體驗呢。」

『──』

『──』

「我已無所畏懼。」

魔女的指尖使力。

她像是要抓住巨大的果實似的，從王袍外側將手指如陷入般用力一掐，抓住果熟蒂落般的豐滿胸部。

「看來再過不久，我就終於有能力改變這個世界了。」

寂靜。

在夾雜了一陣宛如能聽見塵埃落地的凝重沉默後——

『那麼，我等再重新問一次。』

『伊莉蒂雅，妳的目的究竟為何？』

「…………」

魔女緩緩吐出一口氣。

「我嗎？從以前到現在，我都從未變過喲。」

她將手自胸前挪開。

她仰望八名坐擁無上權力之人的眼神，如今已和幾秒之前判若兩人——那是洋溢著高貴氣質的眼神。

「我想對皇廳（母國）進行改革。如今的皇廳只有王室出身之人才會受到祝福，像我這樣的弱小星靈使則會飽受欺凌——我想打造與此不同的樂園。」

現在的涅比利斯皇廳，只是一座虛偽的樂園。

只有天生帶有強大星靈之人才能享有榮華富貴。

在懂事的那一瞬間開始，次女（愛麗絲）和三女（希絲蓓爾）就受到家臣的讚揚。而月亮家的琪辛和太陽家的米潔曦比想必也不例外。

她們是強大的純血種，寄宿著足以繼承女王之位的星靈。

——反過來說……

在這皇廳（國家）裡，不屬於這類範疇的人們就絕對沒有翻身的機會。

從建國至今就不曾改變過的組織（體系）。

而在這樣的國家裡，並沒有第一公主伊莉蒂雅的容身之處。

「我的星靈為『聲』，除了模仿聲音以外別無他用。與其說是隱藏的絕活，不如說更適合在酒館裡當雜耍表演——許多人都這麼奚落我。」

她感到很不甘。

她從不在任何人面前落淚，只會在自己的床鋪上哭上一整晚。

——自己明明已經做過無數努力。

——無論是學識還是禮儀，她都比任何人還要更加努力，為的就是讓自己具備與女王匹配的威儀。

然而沒有人認可她。

光是「星靈太弱」這點，就讓自己成為眾人嘲笑的存在。

「誠如各位所知，我一直被周遭認為是個不夠格成為女王的存在。從我還小的時候，我就飽嘗『第一公主（伊莉蒂雅）當不上女王』一類的揶揄。」

『如妳所言。』

『將與生俱來的星靈價值，和身而為人的價值劃上等號，這就是皇廳的做法。』

『**這世上將魔女歧視得最為嚴重的地方並非帝國，而是涅比利斯皇廳本身**——我還記得妳兩年前說過的這句話喔。』

為此——

第一公主才會來到帝國。

她交出自己身為純血種的肉體，自告奮勇參加八大使徒暗中進行的實驗。

「所以我想成為真正的魔女。」

『何謂真正的魔女？』

「那是究極、絕對且唯一——這世上最後的魔女。」

魔女公主仰望八大使徒。

以最弱純血種的身分一路走到今日的公主闡述著她的夢想。

「對於現在的皇廳來說，我會成為帶來災難的魔女吧。對女王來說，我會是個愚蠢的女兒；兩個妹妹也會唾棄我，認為我是個失心瘋的姊姊吧。」

『但妳依然義無反顧？』

「是的。」

『就算犧牲宛如女神般的美貌也在所不惜？』

『妳若是好好利用那誘人的肉體，應該能將世上的所有男人收為己有，並恣意享受歡愉。難道說，妳連這些人類應有的慾望都不具備嗎？』

「……啊哈！」

芳齡二十的魔女一直表現出遠超乎年紀的成熟態度。

但此時此刻，她首次展露出與年齡相符的淘氣笑聲。

「由於我有著這樣的身材，因此常常招來誤解，但我還是個冰清玉潔的少女喔？就算各位說些什麼歡樂愉快之事，我也是一無所知呢。」

『而妳也不感興趣？』

「我早已捨棄人類所追求的歡愉。」

『太棒了。』

『真是出色的覺悟。』

掌聲從頭頂上方傾注而下。

伊莉蒂雅仰望的八臺螢幕毫不吝惜地為她送上讚揚聲。

『就讓我們再次攜手合作吧。畢竟我們所追求的目標是一樣的。』

『沒錯。畢竟我等所追求的，正是這個星球的中樞。』

掌聲如雨點般自頭上落下。

『那麼，伊莉蒂雅，再次歡迎妳來到帝國。』

『我等會為妳準備房間，妳就跟著**他**走吧。』

伊莉蒂雅轉過身子。

也不知是何時現身的。

只見一名紅髮騎士就站在議場的入口處。

——使徒聖第一席，「瞬」之騎士約海姆。

她當然不會忘記。

被這名男子的長劍所砍出的傷口，迄今仍在伊莉蒂雅的胸口留下淺淺的傷痕。只要再過幾天，那道傷痕就會徹底消失不見了吧。

「你會為我帶路對吧？」

「…………」

「那就有勞你了。」

使徒聖第一席轉過身子。

跟上來——在他不發一語地做出這番表示後，伊莉蒂雅也跟著邁出腳步。

她背對八大使徒。

「首先要改變故鄉。至於改變帝國，就留到那之後吧。」

魔女動著豔麗的嘴唇如此呢喃。

Chapter.6　「智天使」

1

遠東阿爾托利亞轄區——

這是位於帝都遙遠東方的偏僻之地。而在此地的地下設施——

「還真是幸福啊。你們已經見過兩年後（現在）的伊莉蒂雅吧？」

在碎裂的水槽前方。

女研究員仰望著寫有「E實驗體」的名牌，絲毫不掩飾自己的興奮之情。

「碧索沃茲就是個很好的例子。成功與星靈融合的實驗體，都無一例外地會顯露出跳脫人類肉體的徵兆。伊莉蒂雅是什麼樣的狀況？」

她環視著希絲蓓爾、燐和第九〇七部隊的成員。

並以連珠砲般的口吻問道：

「她還維持著人類的外觀嗎？皮膚的顏色呢？眼睛的顏色呢？嘴裡有長出尖銳的牙齒嗎？喔

喔，還是說頭部長出兩——」

槍聲響起。

一顆子彈貫穿瀰漫廳堂的霧氣，擦過凱賓娜的臉頰。

滋……

子彈劃破她臉上的一層薄皮，緩緩地滲出紅色液體。

「誰允許妳在這裡表演脫口秀了？」

銀髮狙擊手將槍口對準凱賓娜。

雙方的距離大約為十公尺。

憑藉陣的本事，就是要他用子彈削去凱賓娜的瀏海，他也能在指定頭髮數量的條件下百步穿楊吧。

「我們可是正牌的帝國軍。妳涉嫌違反帝國法律，我們要盤查妳。」

「哦，原來你們是帝國兵啊？」

女研究員用感到意外的眼神回望過來。

「我還以為你們是皇廳派來的刺客，是為了奪回希絲蓓爾而來的呢。」

「誰管妳這麼多……那個叫碧索沃茲的魔女，我倒是還有點印象。是妳把那傢伙變成那副模樣的嗎？」

「碧索沃茲是個很棒的實驗體喔。她和那個的共鳴率不會太高，卻也不會太低。」

「『那個』是指什麼東西？」

「這顆星球的惡夢。」

「唔？」

「星之民戒慎恐懼地稱它為『大星災』。那雖然看似星靈，其實是截然不同的東西。若要打個比方，就像是一百億隻蝴蝶群裡唯一的一隻毒蛾吧？倘若以為那是可愛的蝴蝶而貿然接近，就會吃不完兜著走呢。」

「…………」

「在極其罕見的情況下，那玩意兒透過星脈噴泉自星球的中樞浮現而出。我將這樣的現象稱之為『大接觸』，並將那股能量粹取出來，於此地——」

「夠了，這只是在浪費時間。」

陣打斷她的話語。

他瞥了眼矗立在地下各處的巨大機械爐以及破碎的水槽。

「簡單來說，妳幹的就是人體實驗的活對吧？」

「是星體實驗才對喔。」

「少跟我玩文字遊戲了。隊長、音音。」

陣用下頷比了一下後方的機械爐，對著握好高壓電擊槍的兩人說：

「趁現在拍些照片當成證據，而且我們也需要證人。反正總會有些人被關在這裡當成備用的實驗體，要是找到的話就救助他們吧。」

「沒有喔。」

凱賓娜沒擦拭從臉頰滑落的鮮血，逕自搖了搖頭說：

「我想要的是純血種或有所關連的實驗體，這對帝國來說是很難得手的素材。因此太陽的協助才宛如天降甘霖，而伊莉蒂雅自告奮勇的時候，我更是高興得瘋狂歡呼呢。所以說——」

女研究員轉正身子。

她伸出被藥品腐蝕得相當嚴重的手指指向粉金色頭髮的公主。

「我不會讓妳（希絲蓓爾）逃掉的。」

「噫！」

那是閃爍著扭曲光芒的眼眸。

希絲蓓爾被這道視線貫穿，忍不住向後退了一步。

「妳的身體是極其珍貴的素材，就好好期待——」

槍聲響起。

第二道巨響響徹廳堂，讓紅髮女研究員身形一晃。

這次擦過了左頰。

這回造成的傷勢比右頰還要深幾公釐。陣所射出的子彈撕裂了凱賓娜的臉頰。

「回答我提出的問題。」

「…………」

啪答。

瘋狂科學家低頭看著滴落在地的血液靜默不語。

「────」

「我沒打算聽妳暢談妳的變態慾望，給我乖乖束手就擒。我們會聯絡司令部，把妳移送到最近的基地。」

「那可就頭痛了。」

瘋狂科學家看著地板說：

「我在這裡開發的東西非常纖細呢。我得確認偵測器的數據，讓藥劑隨時保持在特定的溫度和濃度才行。我要是離開的話，這一切就前功盡棄了。」

「那不是棒呆了嗎？」

陣一臉嚴肅地說：

「我們會把妳抓起來，然後毀了這座噁心的設施——這不是一石二鳥嗎？」

「……這句話是我要說的。」

不知她是何時掏出來的。

只見凱賓娜的手裡握著一臺能藏在掌心的小型機械。那是上頭僅有一顆按鈕的遙控器。

「一支帝國軍部隊用來當成實驗對象算是再好不過——你們來得可真巧。」

「喂，別做些鬼鬼祟祟的——」

「來不及嘍。」

陣還來不及狙擊——

瘋狂科學家的手指便按下按鈕，同時大廳裡的機械爐發出轟然巨響。

砰咚——

隨著火花迸散，機械爐的玻璃蓋被彈飛了起來。

先是蒸氣向上竄起，接著是星靈能量以噴火之勢沖天而起，將廳堂照亮得宛如白晝。

「這道光是怎麼回事……！」

即使用手遮擋，星靈光芒依然強烈得刺眼，異常到令人無法直視。伊思卡面對這道強光，則因為背脊發寒而不禁感到戰慄。

「**不會吧……**」

他有印象。

伊思卡確實看過這道星靈能量的光芒。不只自己而已——那是發生在獨立國家阿薩米拉的事，而音音與希絲蓓爾也一同目擊過。

「伊思卡哥，那臺機器人裡面一定藏著某種東西。」

「殲滅物體！『你的內部到底藏了什麼東西』！」

那和追擊希絲蓓爾、用以狩獵魔女的機器人「殲滅物體」所散發的光芒相同。

而當時潛藏在機器人體內的物體是——

「出來吧，『卡塔力斯科之獸』。」

在凱賓娜下令的同時，機械爐的外殼也崩塌粉碎。

從中竄出的，是散發著朦朧光芒的物體。

那是閃耀著紫羅蘭色光芒、有著人類外型的剪影——而物體的全身上下都散發出近似星靈能量的光芒。

「……是那個時候的物體！」

希絲蓓爾仰望著頭頂上方的「形似星靈之物」，並且拔尖嗓子喊道：

「伊思卡，是那個殲滅物體裡面的怪物！」

「……在我看來也是如此。」

伊思卡架起黑色星劍，吞了一口口水。

不會吧。

那臺詭異機器人的謎團，居然會在這樣的地方尋得解答。

「凱賓娜，這傢伙就是妳製造出來的嗎！」

「哦，原來你知道啊？」

紅髮的瘋狂科學家挑起一邊眉毛。

「我暫時命名為『卡塔力斯科之獸』。如你所見，這是人造的星靈，也是即將應用於帝國軍各項武器的次世代動力源喔。但我倒是習慣用『寵物』來稱呼就是了。」

「……人造星靈？」

「是啊。這麼說來，我確實有把這玩意兒裝進殲滅物體，然後上繳給八大使徒使用。你們既然有幸目睹，那肯定是相當珍貴的體驗吧。」

……居然用「目睹」來形容？

……那才不是如此可愛的東西！

由於「卡塔力斯科之獸」襲擊希絲蓓爾的關係，險些讓一整個國家陷入火海之中。一想到這種東西已經進入量產階段，就讓他為之戰慄。

「我懂了。」

蹬地跳躍的聲響傳來。

握著大砍刀的燐沒多看上空的人造星靈（寵物）一眼，筆直地朝凱賓娜衝去。

「總之宰了妳就能一勞永逸了。」

「**爆炸吧**。」

「燐，趴下！」

伊思卡從後面握住燐的手臂，不由分說地將她壓倒在地。

——那是自爆命令。

強光炸裂。

飄浮在上空的人造星靈驀地膨脹，隨即化為紫羅蘭色的烈焰爆炸開來。

「……妳這傢伙！」

燐雖然一臉激動地站起身子，但已經不見凱賓娜的蹤影。

霧氣的另一側——

只見甩動的白袍朝著廳堂深處逐漸消失。

「希絲蓓爾，趁現在往外跑！說不定還有其他人造星靈會聽令行動！」

在烈焰的火星四下迸散的廳堂，伊思卡轉過頭。

他對著呆若木雞的少女喊道：

「隊長知道該怎麼離開這裡，音音和陣也會一起行動。一旦離開這裡，就立刻聯絡最近的帝國軍基地！」

「等、等一下，伊思卡！那你呢！」

「總不能放任她跑掉吧？」

「可是……！」

「該走了。」

陣抓住希絲蓓爾的肩膀。

他瞪視著依然噴發著蒸氣的機械爐說：

「要是妳逃不出去，一切就毫無意義了。妳應該知道我們是為何而來吧？」

「……唔！」

公主咬緊下唇。

隨後，她甩動粉金色的長髮向外奔去。

「伊思卡，在成為我的護衛之前，你絕對不能死！陣，用最快的速度將我帶往出口！」

希絲蓓爾朝著霧中奔去。

伊思卡沒有目送她的背影，而是將身子轉往反方向。

——也就是凱賓娜逃跑的方向。

他蹬地衝出。

這時，茶髮少女也跟上他的步伐。

「燐？」

「假如留你一個人在這兒，希絲蓓爾大人肯定會責備我。」

機械爐發出轟隆聲，不斷抖動著。

愛麗絲的隨從自這些機械爐旁掠過，接著補充一句：

「況且……雖然很不想承認，如今已經能證實第一公主大人與帝國勾結的事實。她和太陽一樣，都是我國的叛徒。」

「…………」

「我得向女王大人報告此事。當然，愛麗絲大人也不例外。」

與帝國勾結之人共有兩名。

而且在他們還位於皇廳的時候，就幾乎已經得出這樣的結論。

「涅比利斯皇廳軍事政變的『幕後黑手有兩人』。一個是伊莉蒂雅，『另一個就是勾結帝國軍的你』。」

陣看出了真相。

在露家別墅裡，他對著休朵拉家的當家塔里斯曼這麼斷定。

……對於燐和愛麗絲來說，是個相當殘酷的事實。

……想不到自己的至親，居然就是女王暗殺計畫的主謀。

這和帝國士兵（自己）無關。

伊思卡雖然這麼說服自己，隨即想像起愛麗絲悲痛欲絕的神情。

與此同時，他也為之戰慄。

「前使徒聖伊思卡，要不要成爲我的部下（東西）呢？」

「我呀，打算將現在的皇廳摧毀殆盡，將國家的根基連根拔起。」

她（伊莉蒂雅）已經對自己坦承一切。

只是因為過於唐突，當時的自己忍不住以為那只是在開玩笑。

……那是在露家別墅發生的事。

……雖說那時是與我獨處，但一般來說，那種話是不能說得這麼明白的吧？

看不透她的意圖。

第一公主伊莉蒂雅想要什麼？她不惜勾結帝國，還甘願為了那恐怖的「魔女化」獻出身體，她究竟在追求什麼？

「有了！」

燐的說話聲喚回伊思卡的注意力。

紅髮女研究員衝過大廳、穿過與之連結的走廊，朝著設施深處逃去；而一扇機械式的門扉隨即在她的身後關閉。

「打算從內側堵門嗎？撬開它！」

土人偶衝上前去。

人偶將手指插進滑門，以蠻力將之拉開。伊思卡和燐則是從拉開的縫隙跳了進去。

——裡面是另一處寬廣廳堂。

率先映入眼簾的，是一臺格外巨大的機械爐。這臺比外側廳堂的機械爐還要大上兩號，散發著震耳欲聾的聲響與強烈的星靈之光。

就在這臺機械爐的稍遠處——

「妳無處可逃了，女人。」

燐朝著背對己方的凱賓娜逼近。

「妳在這裡進行的並不是星靈研究，而是對星靈的褻瀆。」

「——」

「雖然很想把妳帶回皇廳，但既然無法如願，就只好讓妳把和伊莉蒂雅大人有關的事情全數吐出了。」

「————」

「你們知道紅交嘴雀（ISUKA）這種鳥嗎？」

瘋狂科學家轉過身子。

她依然披著那件白袍。

「那是一種小鳥，就算飛在空中，也不會惹人注意。不過啊，這種鳥類有種『上下的嘴不成對』的稀有特性。而這種不成對的鳥喙，也因此衍生出許多傳說。像是用鳥喙拔出刺進聖人體內的長槍，或是被惡魔的箭矢射中，才會造就這種樣貌。」

凱賓娜的眼神——

投向了自己。

「前使徒聖伊思卡，**這和你的星劍十分相像喔**。顏色是一黑一白，劍刃的長度也不同，處處都充滿不成對的特徵，簡直就和紅交嘴雀的鳥喙一樣。」

「……妳到底想說什麼？」

「那對星劍啊，其實藏著很有意思的傳說喔。」

怦通！

是巨大怪物的心跳聲嗎？迴盪在廳堂中的脈動聲響巨大得不尋常，就連伊思卡也在一瞬間產生了這種錯覺。

聲響源自於凱賓娜的胸口。

伴隨著「怦通」、「怦通」的心跳聲傳來。

「由於我是帝國人，所以沒辦法在出生的時候寄宿星靈，若要強行魔女化，就得花上不少時間。根據以往的三次實驗，這個過程的平均時間為六分二十九秒。」

咆哮聲響徹四下。

紫羅蘭色的火焰猛烈竄升，包覆瘋狂科學家的全身上下。

「什麼！」

燐瞠大雙眼。

「伊思卡，這傢伙和碧索沃茲一樣……」

「燐，離她遠點！」

伊思卡和燐同時跳開。

兩人原本站立的位置，登時被紫羅蘭色的火焰所吞噬。

『喔喔，這樣啊。你們已經和碧索沃茲交手過啦？』

在火焰底下——

曾為星靈研究員的凱賓娜．索菲塔．艾莫斯樣貌逐漸改變。

惡星變異——「卡塔力斯科的天使」。

她所穿著的衣服全被彈飛開來。

胭脂色的頭髮逐漸硬化，肉體像是霧面玻璃般變得半透明。

……和魔女碧索沃茲一樣嗎？

……不對，如果兩者是一樣的話，那她背上長出的尖刺又是怎麼回事？

凱賓娜的外觀持續改變著，此時她的背部開始長出黑色的刺狀物體。原本宛如棘刺般纖細的物體逐漸膨脹變大，變成了扭曲的翅膀形狀。

『這是沒能成為魔女的……魔天使……』

原為人類的物體張開翅膀。

『倘若接受與碧索沃茲相同的手術，就無法讓研究更上一層樓。我改變了藥劑的濃度後，得出的結果便是如此。不過，排斥反應也比之前的版本更加劇烈就是了。』

魔天使露出宛如在舔舐對方般的黏膩眼神──

俯視從廳堂追至此處的兩人。

『只要有了這全新的力量，星靈的時代很快就會落幕了。』

2

沒有名字的研究所──

在這個被人稱為「魔女誕生之地」的宅邸地下階層，一行人正猛喘著氣向前狂奔。

「希絲蓓爾小姐，往這裡走！」

「我、我知道了！」

希絲蓓爾回應向她招手的音音，衝上通往地面的階梯。

「希絲蓓爾小姐，這裡有沒有隱藏出入口？那種可以立刻通往外頭的逃生口一類的！」

「……我不知道。既然我是被關在地下室，那麼應該也有一兩條從地下直接通往戶外的通道才對。」

藥品保管室——

希絲蓓爾環視這陌生的房間咬緊嘴唇。

自己一直處於昏迷的狀態。

她就連現在是在哪裡都毫無印象。即使跟在音音和米司蜜絲隊長的身後，她也覺得自己就像身陷迷宮之中。

「看來只能循來的路回去了。一想到得沿著那段昏暗的走廊折返，就讓人提不起勁啊。」

「陣，那個……因為狀況緊急，我就長話短說。」

希絲蓓爾轉頭看向負責殿後的狙擊手。

「謝謝你。你是為了我開槍的對吧？」

「妳在說什麼啊？」

「……沒事。反正你肯定聽得懂，所以我就不多言了。」

她指的是狙擊的時機。

她不覺得陣是不自覺就開槍的。

「伊莉蒂雅是什麼樣的狀況？」

「她還維持著人類的外觀嗎？皮膚的顏色呢？眼睛的顏色呢？嘴裡有長出尖銳的牙齒嗎？喔喔，還是說頭部長出兩——」

她將自己的親姊姊當成怪物看待。

當時自己肯定露出了凶神惡煞般的神情。而阻止凱賓娜繼續把話說下去的，正是陣所射擊的子彈。

「那讓我感到非常痛快。但如果你不是射傷她的皮膚，而是直接用拳頭痛毆的話，那更是再好不過了。」

「那是伊思卡的分內事，與我無關。還有，跑快點。」

「都、都說我知道了！」

她拚命追著音音和米司蜜絲隊長。

天花板沒有照明燈具，跑在前方的兩人背影正逐漸消融於黑暗之中。

「妳、妳們在哪裡呀？米司蜜絲隊長！音音小姐！」

「希絲蓓爾小姐，往這邊！」

音音的聲音透過牆壁反射而來。

然而，在這座昏暗的迷宮之中，只靠著聲音仍無法指路。況且地板也是一片漆黑，要是被障礙物絆到，恐怕會立刻摔倒在地。

「唉，真是的……看來沒辦法了。」

希絲蓓爾將手伸向衣服的領口處。

她解開鈕釦，露出自身位於胸前的星紋。

淡淡的光芒顯現於黑暗之中。

雖說這道光芒只和火柴棒的火光差不了多少，但還是比伸手不見五指的現況好上許多。

「……我的身分雖然高貴，但星靈的光芒卻微弱得很不可靠呢。」

「不是挺方便的嗎？」

「做這種事，會讓我覺得自己像是一臺人體發電機呢。還有，陣，別往這裡看。一位風度翩翩的紳士是不會偷窺少女的胸部。」

「妳有東西能給人看嗎？」

「當然有呀——……唔咕！」

「**閉嘴**。」

陣像是在做近距離的擁抱似的從身後貼上她的身子。

他以一隻手摀住希絲蓓爾的嘴巴。

是因為突然放聲大叫而搞砸了嗎？希絲蓓爾雖然冒出這個念頭，然而陣依然瞪視著藥品保管室，沒有絲毫的動作。

「……那道光是……」

強烈的紫羅蘭色光芒微微透了出來。

就在希絲蓓爾確認到這點的瞬間，藥品保管室的門扉被一道噴發的烈焰彈飛得扭曲變形。

在熊熊烈火之中，看似幽靈般的人影爬了過來。

那是被稱為人造星靈的怪物。

「難道是來追擊我的嗎……！」

「快跑！」

不需要陣推自己一把——

在他這麼大喊之前，希絲蓓爾已經頭也不回地朝著昏暗的通道直衝而去。

＝＝

『我對人類不感興趣，但你屬於特別的那一類喔，前使徒聖伊思卡。』

廳堂充斥著淡淡的星靈光芒。

宛如玻璃呈現半透明肉體的「原為人類之物」，緩緩地讓身子飄浮起來。她便是擺脫了重力束縛的魔天使(凱賓娜)。

『我一直很想要使徒聖這種超人般的實驗體。我雖然已經向八大使徒要求(下單)了好幾次，看來這下子能輕鬆弄到手了呢。』

八大使徒。

聽到這個詞彙，伊思卡暗自皺了一下眉頭。

兩種思緒湧上心頭——分別是「豈有此理」和「果然如此」。這兩種截然相反的念頭，同時在他的心中打轉。

……這麼誇張的研究所，背後自然有大有來頭的人物坐鎮。

……想不到偏偏是八大使徒！

恐怕連帝國司令部都對此一無所知。

他們恐怕是一頭栽進了帝國最為危險的黑暗面。

『所以——』

「妳在戰鬥時倒是挺長舌的。」

蹬地跳躍的聲響傳來。

魔天使凱賓娜沒能察覺——原本應該站在伊思卡身旁的燐已經大大地繞了個圈，來到了她的身後。

「看我拔掉妳這對噁心的翅膀。」

宛如獵豹般敏捷。

她蹬地一躍，跳上約莫三公尺的高空，以雙手握住大型砍刀。

——嘎吱。

一聲悶響傳來。

緊接著大砍刀的刀身碎裂，迸出清脆的聲響。

「王室的寶刀居然斷了！」

『這身體的硬度能與星之要塞匹敵，就是用上戰車的砲擊也打不穿。』

魔天使凱賓娜的翅膀蠕動著。

構成翅膀的並不是羽毛，而是無數突起物（砲塔）。這些突起物同時綻放著光芒，就像是即將開火的格林機關槍一般。

光芒逐漸匯聚。

數十道光芒合為一束，將廳堂照亮得宛如白晝。

「燐，**別被那道光掃到了！**」

『觀星空。』

魔天使的翅膀所釋放出來的——

是過去殲滅物體發射出來的強烈星靈能量砲。帶狀的光芒發出「嘰——」的尖銳聲響，灼燒著虛空朝燐逼近。

「燐！」

「把我踢開！」

土人偶衝進強光的射線之中，踢開身在空中而動彈不得的燐……隨即在接觸到強光的同時蒸發殆盡。

「我的人偶居然被炸飛了！」

燐鐵青著臉喊道。從她身旁掠過的光線燒穿廳堂的地板，直接留下了切痕。而光線甚至觸及深處的牆壁，引發一陣劇烈的爆炸。

「唔！」

受到爆風吹拂的燐勉強落地。

『魔女，我對妳沒興趣。』

另一隻翅膀發出數十道光芒，而這些光芒再次匯聚，宛如太陽般將廳堂照得通明。

「以為我會讓妳得逞嗎？」

閃光在中途驀地消失。

趕至燐身前的伊思卡以黑色星劍揮出一擊。

『居然把光給砍斷了？』

「我與殲滅物體交手時看過那個砲擊，即使再怎麼不情願也會記住。」

冷汗自背脊涔涔滴落。

為了不讓對方察覺右手已然發麻，他儘量以自然的態度瞪向魔天使。

……剛剛完全是在賭一把。

……斬斷閃光的絕技，可不是能百分之百成功的招式。

縱然強如伊思卡，也還做不到收發自如。

然而，若不抱持著壯士斷腕的決心挑戰，燐這名少女的身軀恐怕會化為焦炭，然後從這個世上消失吧。

『雖然很想稱讚你的身手，出手保護魔女可真是落了下乘。』

魔天使凱賓娜嘲笑：

『你的右手已經動不了了。在劇痛的影響下，就是握劍也很難受吧？』

「……唔！」

『我的星靈能量附著在你的右手臂上了。當你揮劍砍斷光線的時候，你的右手背稍稍擦到了光芒對吧？』

伊思卡的右手背滲著鮮血。

魔天使瞇細雙眼，像是在仔細打量他的傷勢似的。

『不過，你的星劍果然相當出色。假如連我的星靈能量都能斬斷，那刀刃說不定真能對「星之終焉」造成傷害。』

「……妳在說什麼東西？」

『是廣大無邊的探究之心喔。』

魔天使從空中伸出手臂。

像是在向伊思卡索討星劍似的。

『我愈來愈想要那把劍了。畢竟那可是星之民所鍛造出來的完美器皿呀。』

「閉嘴，怪物。」

『？』

發自廣闊廳堂的角落——

被星靈能量爆風吹倒的少女站起身子。

她筆直朝空中的魔天使凱賓娜衝去。就是看在伊思卡的眼裡，那也是有勇無謀的突擊。

「不行，燐，別靠近她！」

太莽撞了。

剛才不僅沒對魔天使的肉體造成傷害，甚至連大砍刀都斷折了。更何況現在她身邊沒有能夠操縱的沙土，因此無法施展星靈術。

『自暴自棄了嗎？』

凱賓娜以失望的語氣說道：

『土之魔女可真是悲哀哪。只要沒有沙土可以操縱，就毫無戰力。看來那尊人偶已經是妳最後的一枚棋子了。』

「────」

『就憑妳的拳頭又能怎⋯⋯⋯⋯咕唔唔唔唔唔唔！』

魔天使凱賓娜身形一晃。

因為比自己還要小上兩號的人類竟然在空中揍了她的臉頰，還將她轟飛出去。

這恐怕超出她的預期。

堪稱是星靈能量聚合物的存在，不可能被區區人類的拳頭打傷。然而，自己卻被狠狠地揍了一拳。

「妳剛才說了什麼來著？」

落地的燐轉過身子。

她像是在展露自己的右拳似的，對著空中的怪物高高舉起。

——一顆被泥土覆蓋的拳頭。

「既然星靈能量對妳有效，那就好辦了。我只要將以星靈操控的泥土覆蓋成拳擊手套的形狀，就能把妳揍得飛遠。」

『…………』

魔天使的臉頰出現龜裂般的小小裂痕。

雖然看起來似乎沒帶來多大的痛楚，這一擊已經足以讓魔天使明白燐這位星靈使的實力有多麼強大。

『土之魔女，這就是妳的星靈術嗎？』

「看就知道了。」

『……這裡應該沒有妳能操控的沙土才是。』

「這裡有。」

啪哩——

裝了沙子的燒瓶在燐的腳下碎裂開來。

「沒有土的土之星靈使就毫無戰力？早在一百年前——我的前前前前前任當家就知道有這麼

一回事了。」

帝國的瘋狂科學家過於小覷——

歷經百年戰爭所培育出來的星靈使的智慧與執念。

「**我當然不會空手前來**。」

少女自行掀起裙子。

她大膽地露出白皙的大腿，而高高掀起的裙襬內側，呈現出數十個裝了沙子的玻璃瓶排列成圈的光景。

而這些玻璃瓶——

接連發出清脆悅耳的音色，從燐的腳下碎裂開來。

——就連魔天使都不禁看得入神。

她的動作之曼妙，幾乎可以說是一種藝術——或是一種魔術。

「一個瓶子大約有五十克的沙土，二十瓶也剛好只有一公斤的重量。」

沙土向上浮起。

被土之星靈使——燐．碧士波茲的星靈能量碰觸的沙土，在她的掌心凝聚塑形。

最後變化為沙之大砍刀。

「用來剁掉妳的翅膀可說是再合適不過。」

『……多麼動人。』

她展露出蕩漾的眼神。

非人的怪物陶醉地俯視著下方的少女。

『看來我挖到了珍貴的魔女呢。如果是為了營救公主(希絲蓓爾)所派遣的刺客，那八成是傳說中的王室專屬護衛——「王宮守護星」對吧？』

「我不打算回答妳。」

『調查的時間要多少有多少，這不成問題喔。』

燐顯露出宛如大漠沙粒般的冷漠眼神。

而面對毫不遮掩敵意的少女，非人的天使更是興致昂然地吊起唇角。

『除了希絲蓓爾之外，又多了個優質的魔女呢。』

「妳就儘管大放厥詞吧。」

隨著迴蕩廳堂的腳步聲響起，燐以全力蹬地衝出。

她以爆發力十足的腳力向前狂奔。

「大地之刃啊——」

『來吧，星炎。』

魔女和魔天使的嗓音重疊在一起。

啵──空氣迸散開來的聲響傳來。

魔天使凱賓娜全身上下噴出太陽熱浪般的紫色火焰，以全速拉近距離的燐來不及止步。

『紫羅蘭色的小行星。』

紫羅蘭色的火焰盤旋打轉，膨脹為足以吞噬燐的火球。

「嘖。」

燐仰望逼近的火球咂嘴一聲。

下一瞬間，少女進一步加速──她扯破原本長度觸及地板的多餘裙襬，使其變為露出大腿的迷你裙。

『這就是妳的戰鬥服嗎？』

「難道妳以為我是出於興趣才這麼穿的？」

她將身子壓低到貼近地面，穿過火焰來到凱賓娜眼前。

目標是胸部的中心部位。

大砍刀的刀尖刺進凱賓娜的胸口──就連伊思卡都預見了這樣的光景。

──**然而她不見蹤影**。

就在毫無前兆的情況下。

燐所刺出的刀刃刺進虛空，怪物的身影並不在眼前。

『這便是精髓。』

「……怎麼可能！」

『也是我自稱天使的由來。』

魔天使出現在燐的頭頂上方。

她是如何移動的？

就連在遠處旁觀全程的伊思卡，此時也感覺到背脊為之凍結。他不僅沒能看清楚，甚至沒能感受到。

……不僅無聲無息，甚至沒擾亂風的流動。

……突然消失，然後又突然現身，難道她甚至具備了與星靈相同的傳送能力？

這與傳送空間的星靈術不同。

剛才的傳送並不是以星靈使的力量發動，而是藉由星靈所產生的現象。

——超越了物理法則。

這是人類絕對無法觸及的高層次領域。正可謂神話之中的「天使」——如今伊思卡終於明白凱賓娜為何如此自稱。

『先解決一個。』

「唔！」

扭曲的翅膀瞄準燐的頭頂揮落而下。

宛如斷頭臺般落下的翅膀——就在千鈞一髮之際，燐瞬間讓大砍刀變回沙土，並且再次凝聚成「盾」。

她擋下翅膀的一擊。

『不錯的構築速度，我愈來愈中意妳了。』

魔天使的語氣甚至聽得出疼惜之情。

她以單邊的翅膀輕鬆壓制燐手中的盾牌。

『就算壓碎了一些骨頭和肌肉，也不會影響到實驗體，妳就安心地粉身碎骨吧。』

「……該死的怪物……」

舉著盾牌的燐咬緊牙關。

她明明用盡全力反推，卻像在推一面銅牆鐵壁似的無法撼動其分毫。

「這什麼……誇張的力氣……妳到底打算捨棄人類的身分到什麼地步！」

『這對我來說是一種讚美啊。』

「……這樣啊。那我就不再把妳看成人類手下留情了。」

沙盾碎裂開來。

在燐的手中化為鞭狀的沙土，纏上凱賓娜的翅膀。

「抓住妳的話，妳就沒辦法傳送了。」

『什麼？』

「上吧，伊思卡！」

燐放聲嘶吼。

而在她出聲之前，伊思卡便已經筆直地拉近與魔天使之間的距離。

——星劍能對她造成傷害。

與魔女碧索沃茲的死鬥早已證實了這一點。

『嘖！』

魔天使凱賓娜首次露出焦躁的反應。

雖然沙土之鞭束縛住她的翅膀，她仍然轉身向後，朝伊思卡伸出手。

『雖然很不想失去珍貴的樣本，但你還是化為焦炭吧。』

熊熊燃燒的星炎向上竄起。

星炎化為無數火星飛上半空，並分裂成一顆顆火球，宛如驟雨般朝伊思卡灑下。

『你的右手已經——什麼！』

他一鼓作氣衝破凱賓娜發出的怒吼，專心致志地朝著「前方」衝去。

伊思卡瞥了一眼廳堂裡的紫色火球落下的軌跡，同時舉起星劍。

「喝！」

他斬斷眼前灑落的星炎，隨即使出橫掃砍掉來襲的火球。他躲過從斜上方落下的火焰，並分毫不差地砍斷從後方地板貼地逼近的火焰。

而這都是以**左手握住**的黑色星劍辦到的。

……果然。

……凱賓娜，妳的本質根本沒變！

無論轉化為多高層次的存在，深植在她內心的習慣和思路都還是一名「研究員」。

只要身為使徒聖，任誰都能做到左右開弓。這是經過常人難以想像的嚴苛訓練後才能具備的本領。

最後一步——

就在他即將跨出最後一步，好讓魔天使凱賓娜落入自己的攻擊範圍時——

『真美。』

非人之物露出微笑。

『使徒聖果然很美妙呢。無論是宛如修羅般的戰鬥技術，還是依循直覺所導出的精確生存法則，都是足以稱之為超人的士兵。』

「……妳在說什麼？」

『然而仍然遠遠不及天使。』

魔天使全身散發出光芒。

這和噴發星炎的狀態不一樣。宛如寶石般的半透明肉體先發出珍珠一般的白色光芒——隨即迸散開來。

她化為數以千計的光之粒子，像是融解在虛空中似的消失不見。

……居然炸開了！

……是自爆嗎？不對，這威力也太弱了。

既然具備了那麼強大的力量，倘若是引發了大爆炸的話，就是將這座廳堂炸得灰飛湮滅也不足為奇。

凌駕在不對勁之上的，是一道惡寒。

並且藉由燐的大吼化為現實。

「伊思卡，在你背後！」

有什麼東西在背後。

他完全沒思考這方面的問題。燐睜大眼睛吶喊著——這樣的事實比起千言萬語，更能傳達出從頭頂上方接近的「死亡」氣息有多麼驚人。

——閃光。

極為強大的星靈能量以些微的差距從縱身一跳的伊思卡脖頸旁掠過。

○・一秒。

假如在跳躍時稍有猶豫，他脖子以上的部位想必已經消失了吧。

『土之魔女，妳的著眼點算是及格了。』

伊思卡回頭看向頭頂上方，只見數千數萬顆珍珠色的光點再次聚合起來。

形成張開扭曲翅膀的魔天使肉體——

『只要用土之星靈術抓住我，我就不能進行光學傳送，只能任人宰割？確實是這樣沒錯。畢竟妳所操控的沙土蘊含著星靈能量，可以說是能抓住我肉體的唯一捕網。』

構成原形，再次現身。

原本化為光粒消失的肉體，在伊思卡的背後緩緩地再次構築、結合。

在燐發出吶喊前，伊思卡完全沒有察覺到任何氣息。

……果然。

……這傢伙的傳送能力無聲無息，以人類（我）的五感察覺不到！

這還是第一次。

他竟然在戰鬥中如此輕易地被人摸到了身後。

『真可惜啊，魔女。妳的盲點在於可操控的沙土不夠。僅僅千克的星靈能量，是沒辦法將我澈底抓住的。』

「……唔！」

燐的表情扭曲起來。

此時此刻，伊思卡和燐終於明白這頭怪物的「異質性」為何。

這不像是與人類打鬥。

也不是殲滅物體一類的機器。

在這一戰，**他們交手的對象乃是星靈**。

『魔女和前使徒聖伊思卡，你們的表情挺不錯的喲。這下應該明白了吧？人類（你們）的力量絕對無法對魔天使（我）奏效。這不是實力差距的問題，而是器皿的層級不同。』

魔天使凱賓娜攤開雙手。

構成翅膀的無數突起物，綻放出詭譎的星靈之光。

——消滅。

既無聲響亦無氣息。

「可惡，這次又是出現在……」

『在妳的身後喔，魔女。』

悶響傳來。

伊思卡還來不及出聲提醒，魔天使凱賓娜的翅膀便將少女掃飛，讓她宛如紙紮的藝術品般飛上半空。

「燐──！」

「…………唔……」

少女的背部重重摔在水泥地板上。

她全身抽搐，發出不成聲的悲鳴。

「燐──！」

原本要朝她跨去的腳步，被伊思卡硬生生地收住了。

他轉換方向。

筆直朝著將燐打飛的怪物衝去。

『見死不救嗎？會拋下魔女不管，確實很有帝國人的風範──』

「九秒鐘。」

『唔！』

「這是妳施放那個『光學傳送』的間隔時間，沒錯吧？」

每隔九秒，就能發動令人無從反應的空間跳躍能力。而一旦發動，應該就無人能對她的突襲做出反應。

……要是再讓她發動一次，就連我也躲不過。

……機會只有現在！

他無暇理會燐，得趁這九秒收拾掉對手。

『但只剩下五秒。』

放棄人類身分者嘲弄道：

『你以為自己有辦法抓住我？』

「要抓住妳的不是我。」

他毫不猶豫地向前踏步。

伊思卡瞄準飄浮在天花板一帶的魔天使，握緊左手的星劍。

「——而是燐。」

嘎吱！

魔天使凱賓娜身旁的牆壁迸出裂痕——

隨後土巨人像打破水泥牆衝了進來。

巨人像發起襲擊。

它只花費短短一秒鐘，就結實地架住魔天使浮在空中的身體。

『居然是巨人像！』

對凱賓娜來說，這肯定是出乎意料之外的狀況。

魔女已經昏厥在地。

只要沒有收到她的命令，巨人像就不會有所行動。更何況，巨人像這種龐然大物，究竟是什麼時候被她製造出來——

「打從一開始就造好了。」

伊思卡握緊左手的劍。

他朝著化為星球高階存在的怪物跳去。

「這是原本在宅邸外頭待命的巨人像。」

『唔！』

「只要有土，她就能下達各種命令。在戰鬥一開始的時候，燐就下達了指示，要巨人像下到這個地下階層。」

並要它在隔著一層薄牆的位置待命。

燐一直在等待魔天使凱賓娜靠近牆壁的時機，好讓巨人像打破牆壁發起偷襲。

……她的間隔時間為九秒。

……不需要打倒她，只要能抓住她即可。

名為巨人像的網子已然就位。

自己只須讓對手自投羅網即可。

『不會吧！』

瘋狂科學家睜大眼睛。

她這下才恍然大悟。為了爭取下一次施放無敵光學傳送的五秒鐘時間，她躲避著欺近的伊思卡，向後連退了一段距離。

而這時的她已經被逼入死角。

原本打算從伊思卡身前逃開的她，反而把自己逼近到巨人像埋伏的牆壁旁邊。

——九秒鐘過去。

魔天使用不了自己的王牌空間跳躍。

因為被土巨人像這張巨大星靈能量之網纏住，就連施展能力都會受到阻擾。

「既然同為帝國人，我就給妳一句忠告。」

『……怎麼可能！』

「別小看星靈使的執念——這是帝國軍為我們上的第一課。」

黑劍一閃。

伊思卡以左手劈出的這一劍，撕裂魔天使凱賓娜的翅膀。

『————唔！』

她向下墜落。

翅膀斷裂的她失去控制能力，就在巨人像擒住自己全身的狀態下——

魔天使凱賓娜撞破機械爐的玻璃蓋，摔進機械爐的內部。

轟！

機械爐噴出星靈能量。

不只一臺機械爐。

除了凱賓娜栽入的機械爐之外，兩側的機械爐也像是連鎖火山爆發一般，以猛烈的勢頭噴出強烈的光芒。

「……發生……共鳴了……？」

在地鳴聲中，趴倒在地的燐抬起臉龐。

「……被囚禁的星靈們終於獲得解放……了嗎……」

不只是人類而已。

被這座禁忌研究室所囚禁的星靈，終於獲得了解放。

＝＝

魔女誕生之館「艾莎之棺」——

地面一樓的東側前段區域——

第九〇七部隊的喊聲迴蕩在所有窗戶都被封死的黑暗樓層之中。

「希絲蓓爾小姐，快一點！」

「陣哥，槍有用嗎！」

「不行，這些傢伙不怕子彈，只會穿透它們的身體而已……總之快跑！」

已經不曉得自己朝著哪個方位奔跑了。

希絲蓓爾以跑在前方的音音和米司蜜絲隊長的喊聲作為指引，並在陣於身後的怒吼聲推動下，拚了命地向前狂奔。

「陣！你就不能想想辦法嗎……」

「我剛才不是已經試過了嗎？面對子彈會直接穿透過去的對手，是能用槍造成什麼傷害？現在還是走為上策。」

「……等等，這道聲音是……」

嘰嘰嘰嘰嘰！

像是在刮擦玻璃般的刺耳聲響。而就在希絲蓓爾回頭的瞬間——只見她眼前的水泥牆發出紫羅蘭色的光芒，隨即液化成了泥漿。

「居、居然穿牆而來！被它們繞路夾擊了嗎！」

「趴下！」

「……呀啊！」

銀髮青年將她壓倒。

倒在地上的希絲蓓爾所看到的光景，是將水泥牆炸碎得宛如紙屑般的猛烈火焰，以及瀰漫四下的粉塵。

一道閃爍著淡淡星靈能量的人影從煙塵後方緩緩現身。

那是宛如幽靈般的詭異發光物體。

「……人造星靈！」

能散發類似星靈之光的怪物。

它們從地下研究室被釋放出來，窮追不捨地追擊己方。既然槍械對它們起不了作用，現在唯有逃跑一途。

「這邊！希絲蓓爾小姐、阿陣，往這裡走！」

米司蜜絲隊長從通道的另一端向兩人招手。

也不曉得已經跑了多久。由於希絲蓓爾鮮少這樣全力奔跑，她的側腹傳來陣陣刺痛，不過仍然比丟掉小命來得值得。

……伊思卡和燐都還沒有要回來會合的樣子。

……不曉得他們和那個瘋狂科學家交手結果如何。

她將身子貼在通道的陰影處。

「呼……嗚……啊……」

「希絲蓓爾小姐，妳沒事吧？」

「還、還好……」

由於心悸的關係，總覺得胸口疼得就要脹破一般。

她光是點頭回應音音的話語，就已經耗盡了剩餘的精力。

……但此行還是有收穫。

……不管是魔女碧索沃茲還是殲滅物體的核心，這下都能得出答案了。

有人進行著遭到禁止的研究。

既然襲擊己方的怪物們乃帝國研究出來的成品，她無論如何都得向女王回報此事。

然而與此同時，又多了幾個不解之謎。

那便是瘋狂科學家（凱賓娜）如同咒文般頻頻提及的「那個」。

「星之民戒慎恐懼地稱它爲『大星災』。那雖然看似星靈，其實是截然不同的東西。」

「那玩意兒透過星脈噴泉自星球的中樞浮現而出。」

星之民？大星災？

那是什麼東西？即使是長年透過燈之星靈竊聽涅比利斯皇廳對話的自己，也從未聽說過這樣的詞彙。

這時——

『……………找到了。』

聲音從腳底下傳來。

在聽到宛如詛咒般的低喃聲的瞬間，希絲蓓爾的全身上下登時汗毛倒豎。

——腳踝被某種東西觸碰。

在察覺此事的瞬間，一股強大的力量掐住她的腳踝。宛如幽靈般的發光人影，從滿是塵埃的地板上探出一顆腦袋。

……怎麼會！

……難道是從地下研究室向上浮起，直接穿透地板來到一樓的嗎！

被抓住了。

在察覺到此事的瞬間，一切為時已晚。

「希絲蓓爾小姐！」

「可惡！這傢伙，快給我放開！」

陣的子彈和音音的電擊槍都起不了作用。

只讓腦袋和手臂浮現在水泥地板上的人造星靈，在抓著自己腳部的同時，身上的光芒也逐漸變強。

『星體分解砲。』

「唔！」

閃過希絲蓓爾腦海的光景，是在獨立國家（阿薩米拉）見識過的慘烈大火。

那是能燒燬一切的強烈閃光。要是讓它釋放出來，就算沒被直接命中，一般人也會受到熾烈的熱浪波及，直接蒸發殆盡吧。

「……夠了！別管我了，你們快跑！」

她這麼大喊。

明明身處生死關頭，但她也不明白自己為何會喊出這樣的話。

——帝國人皆是敵人。

帝國人的性命，甚至比不上口香糖的包裝紙來得有價值，頂多只能拿來當作人質利用。身為涅比利斯皇廳公主的自己，明明一直都是接受這樣的教育——

時至今日亦然。

她只把有能力擔任護衛的前使徒聖（伊思卡）視為特別的存在。

這部隊的其他三人根本無關緊要……她明明是這樣想的……

「已經夠了！所以別管我……！」

詭譎不祥的光芒逐漸匯聚。

就在能將一切化為塵埃的破壞之光即將釋出之際——

Sew sia lukia Sec kamyu. Sera lu E lukia Ses qelno.（我將向妳展示我的過去。所以向我展示未來吧。）

從地下室機械爐解放出來的星靈能量——

數十、數百道相連的淡淡光芒，將釋放出來的星體分解砲閃光消滅得一乾二淨。

星靈之光流向人造星靈和其光芒，眼看就要將其吞沒。

「…………咦？」

希絲蓓爾沒想到會發生這種事。

她自然也不曉得，此時正是伊思卡和燐破壞地下廳堂機械爐的那一瞬間。

「……我……得救了嗎……？」

就在希絲蓓爾愕然仰望眼前情景時——

穿破屋頂向上噴發的星靈之光留下宛如彩虹般的帶狀光芒，朝著彼端的蒼穹沖天而去。

3

火焰、光芒和來自地底的轟鳴聲——

宛如置身於星脈噴泉之中。

被澎湃的星靈能量所充斥的廳堂，甚至給人留下莊嚴神聖的印象。

而在萬紫千紅的氣流奔竄下——

「……妳……！」

伊思卡不禁揚聲喊道。

魔天使凱賓娜在摔進化為廢鐵的機械爐後雖然失去了翅膀，仍然緩緩地爬了出來。

然而——

伊思卡之所以懷疑起自己的眼睛，並不是因為「敵人依然還活著」的關係。

「妳的身體怎麼……」

『沒什麼，這一切都在預料之中。』

凱賓娜從機械爐底下爬出的身體布滿裂痕。

那具肉體宛如通透的寶石。

無視各種物理層級的干涉、堪稱高次元的存在，卻在星靈能量的氣流中逐漸分崩離析。

就像被強風吹過的沙堡一般。

『魔天使和魔女（碧索沃茲）所具備的「那個」的因子，和這顆星球的星靈具有無法相容的特性，可以說是勢同水火。所以一旦沐浴在大量的星靈能量中……我的肉體就會像這樣產生排斥反應……』

「——」

『星靈能量即使對人類（你）無害，對我來說卻宛如劇毒。』

嗡……

原本頻頻顫動的機械爐像是斷了線的木偶般澈底停止。原為人類之物似乎覺得很有趣似的眺望著這幅光景並聳了聳肩。

『所以就是在戰鬥的時候，我也留意著不要讓機械爐有所損傷。結果你居然想得到把我推進機械爐，還挺有一手的嘛。』

「……不對。」

伊思卡並不是刻意為之。

他只是瞄準了和巨人像聯手出擊的機會，除此之外實在無暇他顧。

「那只是巧合罷了。」

『……那是我最討厭的詞彙呢。那既不科學，又充滿了假手他人的期盼，更重要的是全無品味可言。』

瘋狂科學家吊起嘴角。

彷彿極為愉快似的。

『不妨試著和伊莉蒂雅學學，在這種時候浪漫地吟上一句「這便是星之意志」如何？』

「……伊莉蒂雅。」

『我雖然討厭巧合這個詞彙，但星之意志確實存在——就像這樣。』

魔天使凱賓娜的肉體如沙礫般崩落。

她轉動著唯一能動的脖子仰望天空。

——光之氣流在空中交纏。

紅、藍、綠、白、黃。

閃爍著魔幻光芒的星靈能量持續盤旋著。即使嘴上稱之為劇毒，瘋狂科學家仍以一副心曠神怡的態度眺望著這副光景。

『聆聽星靈之歌——滿天繁星所授予的神聖之歌。』

「唔？」

『她（伊莉蒂雅）這樣說過。說自己變得能夠聽得見那些歌曲。我雖然聽不見，但要是能抵達星球的中樞，我這種人說不定也能聽見——我一直是抱著這樣的心態做研究的呢……』

她深沉地嘆了口氣。

作為過去身而為人的依戀。

『唉，拿撒列啊，我雖然沒能抵達星之中樞……沒能抵達「滿天繁星之都」，但這若也是崇高意志的指示，那我也只能舉手投降了。』

「唔！等等，凱賓娜！」

『如果捉摸不定的星球起了玩心，我們說不定還有機會重逢呢。』

轟！

魔天使崩塌的肉體被紫羅蘭色的星炎所包覆。由於這發生得太過突然，伊思卡只能愕然地發出驚呼聲——

『因為我是隻醜陋的飛蛾，沒辦法與美麗的蝴蝶相容啊。』

碰觸了禁忌的瘋狂科學家，在火光之中消失殆盡。

Chapter.7　「天上天下唯我獨尊」

1

帝都的地下五千公尺處——

唯有搭乘設於帝國軍中央基地的巨大電梯，才能抵達帝國的首腦機關——帝國議會。

——現在是休會時間。

原本會被數百名議員填得水洩不通的議場，如今呈現悠閒寧靜的氛圍。

但對於八名最高階級的幹部來說並非如此。

『凱賓娜那邊的訊號消失了。』

『再加上魔女公主希絲蓓爾逃離了設施。不僅失去珍貴的純血種，就連許多人造星靈和研究資料，也被噴發的星靈能量一併消滅了……嗎？』

牆上螢幕接連發出失落的嘆息。

對八大使徒來說，這幾乎是睽違百年後再次有感而發的「嘆息」。

『黑鋼後繼……是不是放任他太久了啊？』

『他可是克洛斯威爾的繼承人。雖說早就預測到他不會那麼容易受到控制，可他如今已然完美地破壞了我們的布局。』

『是呀。早該在下達活捉冰禍魔女的命令後，就直接對他下達處分才是。』

說起來，這些事件的開端——

得源自於一年前經過魔女越獄事件後，這八人再次做出「牢中的前使徒聖伊思卡依然可用」的判斷。

「我等要你善盡自己的義務。換句話說——」

「就是要你活捉冰禍魔女。」

為何要強調「活捉」兩字？

他們的目的並不是將她捉為人質。

也不是因為她成了帝國軍的威脅，使得八大使徒起了排除的念頭。

是因為凱賓娜的實驗需要，才打算將她活捉。

『長女（伊莉蒂雅）作為實驗體來說實在太危險，而三女則在一年前逃獄……』

『要是能活捉次女愛麗絲莉潔作為替代用的純血種，她就能成為優秀的實驗體……』

在一個假定的未來——

在尼烏路卡樹海——

倘若伊思卡在與冰禍魔女的初次交手中獲得勝利，那全新的實驗體（愛麗絲莉潔）想必就會被送往「魔女誕生之地」。

『黑鋼後繼知道的實在太多了。』

『第九〇七部隊的其他三人該怎麼辦？』

『只需要抹消他一人就夠了吧？倘若搞掉一整支部隊，說不定會驚動到帝國司令部呀。』

『那就趁著天帝還未察覺之際，訓速做出處置吧。』

掌聲響徹四周。

在其他議員一無所知的情況下，靜悄悄的議場裡如今為一項議題做出了結論。

『處決前使徒聖伊思卡。』

2

魔女誕生之地——

看到兩人從星靈研究所的大門走出來，希絲蓓爾登時雙眼一亮。

「伊思卡！還有燐！你們都平安無事呢！」

「老實說，我們在鬼門關前打滾了好幾趟。要是沒有燐，我搞不好也沒辦法活著回來。」

「……這點倒是彼此彼此。」

被伊思卡揹出來的燐站直身子。

她噘起嘴唇，看起來有些不滿。

「但你幾乎毫髮無傷，只有我白白捱了一頓揍啊……好痛！」

「燐！」

「……沒事。希絲蓓爾大人，是小的失禮了。我的傷勢並無大礙。」

「但妳看起來似乎很難受。」

「小的稍後就會進行治療。」

燐在希絲蓓爾的面前端正姿勢。

她的左頰因淤青而腫起，肩膀到側腹一帶的衣服也破損得相當嚴重。就是看在旁人的眼裡，也能一眼看出她的傷勢著實不輕。

「雖說我們都平安無事，但看到隊長你們也沒事真是太好了。」

「不對，阿伊你們能全身而退真是太好了。咱們就只是在抱頭鼠竄而已……啊，不過我們逃到一半的時候，還一度被那個很像幽靈的詭異物體逮住過呢。」

「晚點再來交換情報，我們要儘快離開才行。」

陣將槍箱扛上肩膀，用眼神示意眾人看向廢墟的屋頂。

上頭有大小無數的孔洞。

那是從地下噴出的星靈能量所鑿出的痕跡。

「都迸出這麼誇張的星靈之光了，肯定有一兩個人在腹地外頭目擊到那一幕。要是連我們都被瞧見，只會被當成可疑分子看待。該往外牆外側跑了。」

「等、等一下！結果又得跑步嗎！」

陣、隊長和音音一馬當先地跑了出去。

為了不被三人拋下，希絲蓓爾也拚了命地邁步奔跑。不對，就在她抬起一隻腳，正要向前奔跑的瞬間——

虛空中出現一條閃爍著光芒的細線。

那條線甚至比毛髮來得纖細。

幾乎要融於空氣之中的發光細線，像是在捕捉獵物似的繞向希絲蓓爾的脖子。

——希絲蓓爾沒能察覺到自己遭到了鎖定。

——而原本看著同伴們離去的伊思卡，則是反應慢了一拍。

及時做出反應的——

就只有一名沒將視線從希絲蓓爾身上挪開過的皇廳隨從。

「希絲蓓爾大人！」

「咦！…………燐——！」

公主發出尖叫聲。

燐將自己推開，隨即被虛空中迸現的發光細線綑住身子。

宛如蜘蛛絲一般。

燐的手腳被纏上一圈又一圈的繩子，變得動彈不得。

「怎麼回事！」

「咦……燐小姐！那是怎麼了！」

陣、音音和米司蜜絲隊長察覺到背後的突發狀況。而伊思卡比三人的反應更快，已經從劍鞘中抽出黑色星劍。

「燐，別動！我這就——」

「停手——小伊。不該動的人可是你喔。」

伊思卡的雙腳像是凍結似的僵住不動。

他並不是聽從了對方的指示。而是因為從空中出現的「門扉」中出現的人物實在太讓人意外，令他過於震驚所致。

「…………為什麼……」

「嗯？小伊，你怎麼啦？」

「……為什麼……您會出現在這裡？」

在黑框眼鏡底下——

有著伶俐面容的帝國軍方女幹部淘氣地吊起嘴角。

——璃灑．英．恩派亞。

她是使徒聖第五席，同時也以天帝參謀的身分為人所知。

「璃灑！」

「嗨～米司蜜絲。好久不見了，妳還好嗎？」

驚愕過度的米司蜜絲雖然拔尖了嗓子吶喊，但璃灑只是不以為意地揮了揮手。而她的另一隻手則是操控著用以束縛燐的星靈術之線。

「璃、璃灑，那道光芒難道是……」

「哦，這個呀？沒錯，是星靈術喔。記得對帝國軍的其他人保密喲。」

「什麼！」

「還有呀，小伊。」

使徒聖的視線再次看了過來。

那對聰慧的雙眼所注視的，是自己依舊緊握的黑色星劍。

「你打算保持備戰姿勢到什麼時候？把劍收起來吧？」

「…………」

「哎呀，你怎麼啦？」

「……我會照辦，但請您說明原委。」

還劍入鞘。

燐遭到綁縛而無法動彈。在自己身後，則有將身子緊貼過來、渾身顫抖的希絲蓓爾。

……雖然不曉得發生了什麼事，但狀況實在糟透了。

……第九〇七部隊（我們）和兩名魔女一起行動的光景，居然就這麼曝光。

而對方偏偏還是使徒聖。

這屬於叛國罪。己方八成會被判處死刑，而燐和希絲蓓爾也不例外。不對，她們就是受到了生不如死的處置，也只能說是無可厚非。

「請容我開門見山地詢問，我們是要遭到處決了嗎？」

「小伊，你這問題問得可真好。你很清楚自己的立場，看來還沒打算捨棄身為帝國士兵的尊嚴呢。」

「…………」

「所以咱就回答你吧。小伊，這裡可是帝國境內。握有生殺大權的並不是咱，無論是要讓帝國士兵活著或是死去——」

璃灑抬頭仰望天空。

她的頭頂上方再次開出一道光之門。

「全部取決於天帝詠梅倫根大人的一念之間。」

一頭銀色野獸從光之門內竄了出來。

野獸像是貓兒般在空中翻一圈，隨即輕巧地在璃瀧身旁落地。

「──這樣的介紹可還妥當，閣下？」

『隨妳怎麼說都行，我對來自他人的介紹云云實在不感興趣。』

銀色野獸以雙腳站立而起。

「說、說話了！」

『妳以為說話是人類的特權嗎？……啊，這種說法會招致不少誤解，但也無妨就是了。』

野獸對著米司蜜絲輕輕一笑。

他有著狐狸般的蓬鬆尾巴和毛皮，臉孔卻介於人類和貓兒之間。宛如小貓般的一對大眼看似惹人憐愛，卻也同時給人不寒而慄的詭異印象。

是狐狸？還是貓？

這頭動物究竟是何方神聖？

「……喂，使徒聖大人啊。」

陣小心翼翼地來回打量璃瀧和站在她身旁的野獸。

「別開這種惡劣的玩笑好嗎？」

「嗯～？陣陣，你覺得咱是開了什麼玩笑呢？」

「天帝大人不是一名虎背熊腰的鬍子大叔嗎？他每年都會來一趟帝國軍基地。」

「喔，那只是替身。他應該是第九任了吧？」

「……妳說什麼？」

陣頓時啞口無言。

「什麼意思？妳是說檯面上的天帝大人是個冒牌貨？」

「嗯。因為你看嘛，真正的天帝大人長得這麼俏皮可愛，要是被帝國人知悉真相，肯定會鬧成一團吧？」

璃灑毫不掩飾地點了點頭。

「咱身旁的這一位大人，才是貨真價實的『本尊』喲。」

「────」

「哎呀，你還是信不過咱嗎？」

「……這是當然。」

陣正面接下璃灑投來的視線，以惡狠狠的口氣說：

「聽到野獸能說人話固然教我吃驚，但妳講的這些話實在太讓人難以接受了……我們可不是為了幫這種罕見的野獸做事，才跑去從軍的啊。」

『那你又覺得梅倫是什麼人？』

銀色獸人回答了陣的提問。

他的雙眼透露出明確的智能，嘴裡的尖牙隱約可見。

『能指揮身為天帝參謀的使徒聖（璃灑）之人，除了天帝詠梅倫根之外還有何人？你若有頭緒的話，不妨說來聽聽。』

「……唔！」

『所以你大可為此感到光榮。畢竟梅倫可是很少親自現身的。』

在場所有人都說不出話來。

就連被星靈之線綁縛、原本還在用力掙扎的燐，此時也一臉茫然地傾聽獸人的話語。

即使是伊思卡也無法克制自己雙腿的顫抖。

……這頭野獸就是天帝本尊？

……太扯了。能把這種事當真的人才是真的瘋了！

自己的理智無法接受這樣的事實。

然而，這頭野獸正散發著非比尋常的強大壓力。他明明沒有擺出備戰的姿態，卻給人超越純血種的壓迫感。就宛如始祖一般——

『哦，你就是伊思卡啊？』

Chapter.7　「天上天下唯我獨尊」

天帝將雙眼彎成新月狀笑著說：

『**你是克洛斯威爾的繼承人對吧**？既然你帶著星劍，那就不會有錯了。』

「……你怎麼會知道我師父！」

『梅倫對他的認識更甚於你。沒錯，梅倫正是為了談論此事而來。』

砰！

獸人像是在撫摸燐的腦袋似的，將手掌擱在她的頭頂。

「──你這傢伙！」

『哦，真是個充滿活力的魔女。很久沒碰過敢對梅倫惡言相向的人類，看來這段時間不會感到無聊了。很好，梅倫滿足了。璃灑，回去吧。』

「咦，已經要走了嗎？不是要調查這間宅邸嗎？」

『就交給第八席牛頓處理吧。梅倫啊，比較想和這名魔女多玩耍一番呢。喏──』

他抓住燐的後頸。

獸人將少女的身體輕鬆舉起，而他視線最後投向的是──

『第三公主希絲蓓爾。』

「你、你為何知曉我的事！」

『我們在帝都好好聊聊吧。畢竟這個話題也與妳有關。』

語畢，獸人便消失無蹤。

他領著璃灑和燐，走進光之門之中。

『梅倫會等你的，黑鋼後繼。就讓我們聊聊能左右這顆星球未來的話題吧。』

Epilogue 「起始之地」

1

幾天前——

世界兩大國家之一。

有魔女樂園之稱的涅比利斯皇廳核心地帶，存在著世上最多的星靈工學研究設施。

——休朵拉研究院，星靈工學研究所「雪與太陽」。

這是三大王室「太陽」所擁有的設施之一。

這間研究所抽取從星星中樞噴發的星靈能量，研究將之轉換為電力或天然氣的方法，藉以推動第四次能源革命。

而在距離其腹地約有幾百公尺的樹林之中——

「米潔曦比．休朵拉．涅比利斯九世……原來如此。真不愧是會被當家託管雪與太陽的人物，她的星靈確實強大得足以匹配純血種之名。」

白髮美男子隨性地攏起自己的瀏海。

他有著英挺的眉目和輪廓深邃的五官。而融合了自信、個人風格和男人味的站姿，讓他看起來就像是個立於舞臺上的超一流演員。

這名男子——

「你打算睡到什麼時候？」

看著倒臥在地的老人，他以傻眼的語氣說：

「修鈸茲，曾任米拉教師的你竟已老態龍鍾到這種地步，你以為我會原諒你的失態嗎？」

「……我已非服侍女王陛下……如今……是其千金的隨從。」

老人搖搖晃晃地站起身子。

他的眼角周圍凹陷得厲害，臉頰也消瘦得嚴重。這也難怪，畢竟他在被休朵拉家綁架後，就一直被關在雪與太陽的地下樓層裡度過一段漫長的時間。

他是第三公主（希絲蓓爾）的隨從修鈸茲。

即使已經心力交瘁，他還是強打起精神站起身子，不愧是唯一被希絲蓓爾看上的隨從。

「……薩林哲……這是暌違三十年……和你這個重刑犯碰面了。」

老人攀著樹幹支撐身子。

他雖然氣喘吁吁，凝視著魔人的雙眼卻沒有絲毫畏懼。

「你為何……要將我從那些人手中救出……」

「**為了給他們難堪**。」

以超越的魔人之名令人聞風喪膽的男子，以嚴肅的神情說：

「我看太陽有些地方不順眼。我雖然不想知道你被關押在雪與太陽的理由，不過要是少了個俘虜，太陽應該會氣得直跳腳吧？」

休朵拉家應該會陷入混亂。

他僅是閃過了這樣的念頭，就直接付諸行動了。

「…………」

「怎麼了？如果還有瞪我的力氣，不如儘快返回王宮吧？雪與太陽的刺客很快就會搜索到這片森林。」

「薩林哲，你……」

老人抖著肩膀猛喘著氣。

過去曾是米拉蓓爾女王教師的他，如今擔任希絲蓓爾公主的隨從。

「你以為我忘了嗎？你過去曾經看上女王陛下的星靈，一次又一次地對她發起襲擊……」

「是這樣沒錯。」

「……你之所以越獄，是因為還覬覦女王陛下的星靈嗎？」

「嗄？你連腦袋都不靈光了嗎？」

白髮壯漢重重地嘆了口氣。

「我有什麼理由得追著那個女人不放？無聊透頂。比起那種胡鬧的兒戲，還不如多說些有意義的話吧。」

「什麼話？」

「太陽究竟在謀算些什麼？」

魔人窺探著隨從的雙眼。

「我雖然很想要米潔曦比公主保管的祕文，不巧一無所獲。不過身為階下囚的你，應該有聽到一些風聲吧？」

「……很可惜，我掌握到的情報也只有冰山一角。」

「說。」

「太陽與帝國勾結。有可能是軍事部門，也可能是星靈研究，又或者是兩者皆有接觸。」

「什麼？」

白髮壯漢沉默不語。

他像是沒了興致似的將臉龐從老人身上移開，獨自交抱雙臂仰望半空皺眉說：

「有點古怪。我不認為帝國軍方會和太陽走得這麼近。如此一來……」

他背對著老人邁步前行。

「是詠梅倫根嗎？還是說，帝國裡還有其他人選？」

2

帝國境內遠東阿爾托利亞轄區——

在魔女誕生之地——

「……我要去帝都一趟！」

打破宛如烏雲密布般沉默的，是希絲蓓爾的一聲吆喝。

她像是在鼓舞自己般，氣勢洶洶地說：

「若是犧牲燐返回皇廳，那我可沒臉見愛麗絲姊姊大人了。因此我當然得去一趟帝都，並將燐救回來才對！」

「妳要一個人上？」

「當然是和各位齊心協力了！」

「……妳倒是一句話就把我們拖下水啊。」

陣吐出積鬱許久的一口悶氣。

他側眼旁觀露出凶狠目光的少女，以帶著幾分死心的口吻說：

「既然天帝大人都開金口召集了，我們不聽令就會因為犯下叛國罪而淪為通緝犯……但就算乖乖赴約，也難保不會直接被人上銬逮捕。」

「關於這一點……」

伊思卡一臉苦澀地接著陣的話語說：

「我一開始也做好覺悟，以為在場所有人都會遭到處決。」

燐和希絲蓓爾都是魔女。

而天帝和天帝參謀都已經知道，讓她們侵入帝國的正是第九〇七部隊。

……卻在這種狀況下要我們「來帝都一趟」。

……任誰都會認為，這是要我們前去自首，靜候處決的意思。

然而隨著時間流逝。

伊思卡的結論也稍稍有了變化。

「我知道這樣想或許有些樂觀……」

「說說看吧。」

「天帝難道就沒想過我們會立刻逃離帝國——也就是立刻投奔中立都市一類的選擇嗎？」

現在希絲蓓爾公主也在他們身邊。

只要有那個心，他們甚至還有流亡到皇廳這樣的選擇。

「但是天帝刻意擱下我們逕自離開了。如果他是認真打算懲罰我們，應該早就知會帝國軍方一聲了吧？」

「…………」

陣皺起臉龐。

「你是指他沒打算處決我們，而是一如字面意思所示，要我們回帝都去？」

「……人、人家也是這麼想的！」

一直沒有發言的米司蜜絲隊長用力舉手道：

「人家雖然不明白天帝大人在想些什麼，卻注意到了其他事！」

「什麼事？」

「就是璃灑的表情。」

女隊長這麼開口，眼裡蘊含近似自信的力量。

「人家覺得璃灑其實並沒有很生氣的樣子……因為說起來，咱們雖然和皇廳有所接觸，但璃灑可是連星靈術都會了！這應該要算半斤八兩吧！」

「既然如此，那我們豈不是有被滅口的可能性？」

「……是這樣說沒錯，但璃灑的表情並不是那麼一回事！」

米司蜜絲隊長將視線投向身旁。

她窺探著站在身旁的音音，像是催促她發表感想地點頭說：

「音音小妹呢？」

「……不管大家想逃亡還是想去帝都，音音我都會跟著去。不過，如果只有音音流亡到國外，那帝都的爸爸媽媽說不定會很擔心。」

音音沉重地嘆了口氣。

「另一個有點晚來的感想是……天帝居然長那個樣子，讓音音我好受衝擊。」

「也、也是呢，音音小妹！人家也是腦袋一片空白……不過阿伊當上使徒聖的時候，曾經和天帝大人見過面吧？」

「我沒看到他的真面目。晉見時，他總會掛上一層薄薄的簾幕。」

伊思卡也回答不了眾人的疑問。

應該說，他甚至可以很有把握地說，自己是在場眾人裡受到了最嚴重打擊的一個。

……使徒聖是為天帝行動的士兵。

……我們賭上性命保護的，居然是那種不似人類的怪物。

帝國所進行的星靈研究也一樣。對故鄉的依戀和信任，彷彿發出「喀哩喀哩」聲響逐漸崩解般，讓他感受到一陣空虛。

「不對，如果那就是天帝詠梅倫根的話，我反而能夠理解了呢。」

「咦？」

所有人轉頭看去。

只見希絲蓓爾露出下定決心的神情。

「各位，還請回想一下凱賓娜先前的模樣。她曾承認魔女碧索沃茲的模樣是她一手打造出來的，而她本人也變成了非人的怪物。」

「……希絲蓓爾小姐……」

音音以害怕的口吻問道：

「妳認為那個天帝也一樣嗎？他可能接受類似星靈能量的東西，才讓身體變成那樣？」

「因為這不是說得通嗎？」

希絲蓓爾轉過身子。

看向遙遠西方的天空。

「這世界頭一次噴發星靈的地點，不就是帝都嗎？」

一百年前——

隨著人類找到世上第一座星脈噴泉，也拉開了魔人和魔女誕生的序幕。

始祖涅比利斯的誕生也一樣。

「但如果並不是只有始祖大人呢？**如果天帝詠梅倫根也在一百年前沐浴了星靈能量，會發生什麼事？**」

這就能說明他為何會有那樣的容貌了。

進一步來說，眾人甚至可以假設凱賓娜所做的研究，其實是為了製造第二、第三個天帝，抑或是讓天帝變回原本的模樣。

「伊思卡，這和我們也有關聯喔。」

「咦？」

「我可以這麼快提出假設，是因為一年前我之所以會潛入帝國，就是為了調查這件事。」

「……妳說什麼？」

「那是基於純粹的求知慾所發起的行動。我並不是打算對帝國進行破壞行動，單純只是想知道一百年前的真相。」

一切都能在「一百年前的帝都」找到答案。

當時誕生了魔女與魔人，也從帝都這個超巨大的國家分裂出名為涅比利斯皇廳的國度。

迄今所見到的一切現象都源自於當時。

「我當時的計畫一下子就出現紕漏，抵達帝國後很快就被關進監獄。雖說我之後受到了伊思卡的救助……但我覺得現在就能完成當時的目的。不對，應該說，這是千載難逢的機會！」

少女甩動鮮豔的長髮，斂起臉上的表情。

希絲蓓爾．露．涅比利斯九世──

魔女身上寄宿著能閱覽過去歷史的燈之星靈，她將手按在自己胸口。

「一百年前究竟發生了什麼事？為何星靈能量偏偏是從帝都噴發？我不認為那是單純的巧合。**為什麼會是帝都**？那個地點顯然存在著某種祕密。」

只要前往帝都──

就能以希絲蓓爾的星靈重現百年前的所有光景。

「所以一如我先前所說，我打算前往帝都。畢竟天帝已經指名我，想招待我前去一趟。」

她按著自己的胸口。

涅比利斯皇廳的公主就像在吟唱歌曲似的宣誓：

「我打算前去營救燐，同時也想解開這世上最古老的謎團！」

後記

世界的頂點除了天帝大人之外，再無別人——

感謝各位購買《這是妳與我的最後戰場，或是開創世界的聖戰》（這戰）第九集。

這集的主題為「非人之物」。

雖然這個世界恐懼著寄宿了星靈的魔女和魔人，但潛伏在歷史之中、真正意義上的「非人之物」們，終於在這一集浮上檯面。

皇廳裡的月亮和太陽都在摩拳擦掌。

而帝國也上演起坐擁強大力量的人們相互衝突的戲碼。

象徵這般新時代的「帝國禁忌篇」堂堂開幕！

與此同時——

雖然第九集的大綱給人風雨欲來的印象，但因為跑去帝國觀光（？）的燐基於各種理由拉近了與伊思卡的距離，讓得知此事的愛麗絲相當不開心；除此之外，愛麗絲重要的影片檔也被女王發現（※她之後拚了命地搶回來），因此氣氛似乎會比第七集或第八集來得熱鬧許多。

還有希絲蓓爾！

在各方面最讓愛麗絲感到害怕的這位「妹妹」，也做足了準備重回戰場！

成為下一個舞臺的帝都，已是重要人物齊聚一堂的狀態。當然，留在皇廳的愛麗絲還是有重要的戲分，還請期待下一集的發展！

那麼、那麼，本集的內容就先聊到這裡，容我做個宣傳。

在上一集的時候，我宣傳了《這戰》決定製作動畫的消息。而在製作第九集的期間，動畫方面的準備也逐漸到位。細音我也受邀參加了劇本會議，以及拜閱了完成的設定圖！每一段過程都非常美妙，細音我看著每天都有所進展的動畫製作過程，期盼之情更是油然而生！

想必有許多人對於伊思卡和愛麗絲等人的配音員也感到很好奇，這方面的資訊之後會逐步公開，敬請各位期待！

與此同時，也請讓筆者介紹一下同步撰寫的其他作品——

於ＭＦ文庫Ｊ出版的作品也漸入佳境，若各位願意支持這邊的作品，細音我會很開心！

▼《為何我的世界被遺忘了？》（為何我）

目前發售到小說第八集（註：本文所指書籍販售資訊皆為日本當地的發售狀況），漫畫版則在《月刊Comic Alive》上連載，不過漫畫版收到了相當大的迴響，近期居然決定要出法語版了。

綜觀細音我的創作史，法語版本也是前所未有的首次體驗，希望能藉機讓這部作品更加地廣為人知。（日語版漫畫目前發售到第五集，還請各位務必關注！）

▼《這戰》短篇集的發售通知！

接下來是下一集的預告。

故事推展到帝國篇，即將邁入騷動四起的第十集……但在這此之前有個好消息。

細音我目前在Fantasia文庫的雙月刊雜誌《Dragon Magazine》上連載《這戰》的短篇故事，而這些短篇集終於要集結成冊發行了！

從很久以前就有許多讀者希望細音我能寫一本短篇集，而這樣的心願這次終於實現了！

帝國（伊思卡）與皇廳（愛麗絲）——

兩大國家進行著不見盡頭的長期戰爭，而這本短篇則是描寫伊思卡在帝都的日常生活，以及愛麗絲在王宮的生活等光景，是深掘《這戰》這部長篇作品「另一面」的故事。

▼《這是妳與我的最後戰場，或是開創世界的聖戰Secret File》

預計於夏季上市！

除了刊載在《Dragon Magazine》上的短篇之外，也預計會新撰符合「Secret File」這個副標題的特別短篇與尾聲，敬請期待！

如此這般，後記也來到了最後。

這次的第九集也受到各方人士的協助。

——責編Y大人。

無論是每天的原稿內容還是製作時程，您在《這戰》這部作品方面都給了我最多的照顧。動畫製作也進行得相當順利，今後也請您多多指教！

——插畫家猫鍋蒼老師。

謝謝您繪製了燐兼具帥氣和美麗的完美封面！

燐迄今的戲分大多以輔助他人的配角為主，不過第九集無論是內容還是插畫，似乎都讓她成為名副其實的主角呢。

還有，細音我其實也很想在這裡寫上動畫的製作人員名單……但還是留到下回分曉吧。

那麼、那麼。

下回，《這是妳與我的最後戰場，或是開創世界的聖戰》短篇集。
劍士伊思卡和魔女公主愛麗絲的故事——
處於戰爭狀態的兩國將由兩人揭開不為人知的「另一面」，希望各位讀者能看得開心。

那麼再會了——
希望能在夏季的《這戰Secret File》（短篇集）與大家再次相見。

春天將至的午間時分　細音啓

下集預告

讓我們來聊聊往事吧。
那個始祖還生活在帝都的少女時代——

天帝詠梅倫根突然現身，
伊思卡等人聽從他的指示，朝著帝都前進。
這是為了營救被囚禁的燐，也為了釐清百年前的真相。
而像是回應此事一般，在皇廳裡成為女王代理的愛麗絲
也被迫面臨重大的抉擇——

至高魔女與最強劍士的舞蹈，第十幕。
古老的星之禁忌，將從百年的沉睡中甦醒。

這是妳與我的最後戰場，
或是開創世界的聖戰

10

近期預定發售！

國家圖書館出版品預行編目資料

這是妳與我的最後戰場，或是開創世界的聖戰 / 細音啟作；蔚山譯. -- 初版. -- 臺北市：臺灣角川股份有限公司, 2021.01-
冊； 公分. -- (Kadokawa fantastic novels)
譯自：キミと僕の最後の戦場、あるいは世界が始まる聖戦
ISBN 978-986-524-196-4(第 7 冊：平裝)
ISBN 978-986-524-344-9(第 8 冊：平裝). --
ISBN 978-986-524-754-6(第 9 冊：平裝)

861.57　　109018342

Kadokawa
Fantastic
Novels

這是妳與我的最後戰場，或是開創世界的聖戰 9

（原著名：キミと僕の最後の戦場、あるいは世界が始まる聖戦 9）

2021年9月6日 初版第1刷發行

作者：細音啓
插畫：猫鍋蒼
譯者：蔚山

發行人：岩崎剛人
總編輯：蔡佩芬
編輯：彭曉凡
美術設計：李思穎
印務：李明修（主任）、張加恩（主任）、張凱棋

發行所：台灣角川股份有限公司
地址：104台北市中山區松江路223號3樓
電話：（02）2515-3000
傳真：（02）2515-0033
網址：www.kadokawa.com.tw
劃撥帳戶：台灣角川股份有限公司
劃撥帳號：19487412
法律顧問：有澤法律事務所
製版：尚騰印刷事業有限公司
ISBN：978-986-524-754-6
